그 시절

그 시절

THE YEARS

제이미 맥켄드릭 시집
이종숙 번역·주해·해설

아, 아니 ; 그 시절, 오!
—토머스 하디, 「바람 불고 비 올 때」

되돌아서서 그 시절을 바라보면
—페트라르카, 298번

로미쉬와 헬렌 귀네스케라를 위하여

차
례

서언

여태까지 나는 대체로 미술작품과 시 사이에 '비사회적인 거리'를 두어왔다. 단지 이 두 예술 형태가 서로의 일을 방해하는 것처럼 보였기 때문에 유지해온 거리다. 나는 (가끔) 그림 작업을 하거나 장난삼아 손댈 때에는 시를 쓰지 않았고, 그 반대 경우도 마찬가지였다. 요즘 나는 내가 쌓아 올린 담장을 허물고 싶다는 생각을 하게 되었다. 결국 담장이 부실해야 좋은 이웃을 얻게 되는 법이다. 그렇게 믿을 만한 이유가 나한테는 어린 시절부터 줄곧 있었다.

시와 동반할 그림을 만드는 동안, 몇몇 그림은 아주 쉽게 나왔고, 몇몇은 제 자신 말고 다른 무언가를 위해 일하는 건 싫다는 듯이 눌러앉아 버렸다. 그래도 나는 이미지와 시가 각자의 자율성을 잃지 않으면서 서로 말을 주고받을 수 있기를 희망한다('삽화'라는 명칭은 의존을 시사하기에 나는 그걸 편리한 약칭으로만 사용할까 한다).

둘 중 누가 먼저인지 궁금하다면, 대부분의 그림은 시가 나온 다음에 만들어졌다. 예외가 네 번 있었는데, 그때는 이미지가 글쓰기를 재촉했다. 만일 이 두 카테고리가 구별되지 않는다면, 나는 이 작업에 대해 더 만족스럽게 여길 것이다.

이미지와 말이 서로 이야기를 나누게 하자는 충동은 코비드19 팬데믹 시대의 강제 은둔 기간 때문에 자극된 것인지도 모르겠다. 이 기간의 처음 몇 주 동안 나는 토머스 하디가 자신의 책『웨섹스 시집(Wessex Poems)』을 위해 그린 그림들을 보면서 용기를 냈고, 이미지가 말과 함께 확립한 신기한 대화의 진가를 알아보게 되었다. 작은 스케일에 결은 곱지만, 하디의 그림은 의미심장하며, 시와 공명하는 감수성을 보여준다.

그런 종류의 무엇인가가 여기서 감지된다면 나는 그것으로 이 실험이 정당화되었다 여길 것이다. 다시 생각해보니, 이 그림들이 나와는 전혀 다른 사람이 만든 것처럼 보인다 해도 나는 괘념치 않을 것 같다.

제이미 맥켄드릭

아무것도 없다

오늘 가던 길 멈추고 왜가리 한 마리가
─후들후들 떨며 한겨울 넘기라고 물도 빼지 않고 버려둔─
동네 수영장 가 구명대 위에 웅크리고 서서
정나미 다 떨어졌다는 눈초리로
텅 빈 물을 둘러보는 걸 지켜보았다. 살아 움직이는 건
피라미 한 마리도 없는데 이게 도대체 무슨 물이라는 거냐?
물처럼 보이지만 물이 아닌
물. 저리 뭐가 없으니 공기라고 해도 되겠다.

나는 그 느낌을 안다. 나는 왜가리의 그 앎을
느낀다. 세상은 협잡이다.
내 앞머리가 떨린다. 내 어깨가 웅크려진다. 내 부리는
쇠못처럼, 손도끼 날처럼, 날카롭다.
그러나 헤엄치는 것도, 번뜩이는 것도, 날 노려보는 것도 없다.
내가 살펴보는 연못의 수면 아래엔.

아무것도 하지 않으며

아무것도 하지 않으며 사는 삶이
잘 사는 삶이다, 다른 그림자들이 사는 곳에만
그림자를 드리우고, 다른 어떤 삶에도
진짜 해를 입히진 않아, 차에 치여 죽은 짐승만 먹는 것과 같아.
그렇다 치자, 그게 크게 좋은 일 하는 것도
어둠을 밝히는 일 같은 것도 아니라 하자. 그래도 그건 적어도
어둠을 손대지 않은 채로, 아니, 심지어 귀에 들리게끔 놔둔다,
잉크빛 알갱이가 대기권으로 새어 들어오며

세레나데에 맞춰 박자를 늦출 때.
그래서 나는, 아무것도 하지 않을 때, 이건 분명히 해두자,
장단 없는 무한 공간 너머로 귀를 기울인다.
지난해의 박동을 찾아 또―누가 알랴―
이제부터 피어날 것들을 찾아, 그걸 황무(荒蕪) 공간이라 불러라.
그래도 그건 무성한 잡초가 씨를 뿌린 황야다.

귀뚜라미-약탈꾼

귀뚜라미는 약탈당해 제집에서 쫓겨났다.
로마(Rome)처럼 빨갛고 당당한 조끼를 걸치고
식초 냄새 풍겨대는 마름 딱정벌레의 짓이다.

그 무렵 귀뚜라미는 완전히 혼자였다.
비는 그의 구겨진 이마에서 얼음으로 변했다.
귀뚜라미는 약탈당해 제집에서 쫓겨났다.

그는 여행 가방에 소책자 몇 권,
빵 덩이 절반과 용암 덩이 하나를 쑤셔 넣었다.
해는 때 묻은 크롬 도금처럼 흐릿했다.

귀뚜라미의 어휘는 빈약했지만
그래도 제집에서 달아나면서 욕설 몇 마디
혼잣말처럼 내뱉을 정도의 여유는 있었다.

약탈꾼은 그렇게 해서 제 품삯을 벌었다.
귀뚜라미는 약탈당해 제집에서 쫓겨났다.

사자-나무

알렉산드로스 코르넬리오스가 사자-나무라 불리는 나무를 언급했
다. 그에 의하면 그 나무의 재목은 아르고호(號)를 만드는 데 사용되
었고…… 물에서도 썩지 않고 불에서도 타지 않는다고 한다…… 그
나무는, 내가 아는 한, 그 외 다른 누구에게도 알려진 바 없다.

— 대(大) 플리니우스

그건 아마도 멸종했을 것이다. 그리고 우리의 유일한 권위자는

간명하지만, 자신에게는 확실히 유리한 이야기를 전한다.
그 재목이 아르고호─늙은 넵튠의 선잠을 찢은
그 배─에 사용됐다는 건 조금도 놀랍지 않다.
왜냐면 바닷물에 닿아도 그건 썩지 않고

휘어지지도 않았다니까. 고립체, 분리체인 그것은 결코
작은 숲에서 자라지 않고 맑은 샘물 가까이에서
뻗어 올라갔다. 호리호리하고, 참나무보다
단단하며, 고퍼나무보다 나뭇결이 촘촘하고,

나뭇잎조차, 납빛 청회색에 대못처럼 뾰족해서,
기린을 제외한 다른 모든 잎새 먹이 동물로부터
스스로를 지켰다. 나무의 잘고 단단한 열매는,
푸르스름한 털로 감싸였는데, 먹을 수 없고 쓰지만,

독성은 미미하다. 그것은 사자와 조금도 닮지 않았다.
바람이 그것의 잎새를 울리며 우르르
내지르는 소리가 그런 이름을 낳은 것이 아니라면.
그것을 끝장낸 건 아마도 바로 그 사나운 바람이었으리라, 아니면

그 나무가 마침내 사는 데 싫증이 났던 게다.

사자 궁전

누가 분간할 수 있으랴, 단단함과 부드러움이 그처럼 가까운데,
액체와 고체, 대리석과 물을? 어느 쪽이 흐르는 건지?

—이브 잠락

오십 년 만에 궁전을 다시 찾아
그때 그 물이 사자 아가리에서 뿜어져 나오는 걸 보니,
기억이 난다. 내가 용무늬로 치장한
은빛 짧은 소매 셔츠를 입었던 것과, 생전 처음,

비행장 활주로에서, 매미들의 자그만 모루 메질과 함께
밤이 살아나는 소리를 들었던 것. 이번에는, 내 대퇴골에
박아 넣은 철심이 그들의 부름에 맞춰 떨린다. 내 가슴은
대리석의 웅얼거림에, 물 후두두 떨어지는 소리에.

머지강의 무적(霧笛)

해마다 새해 전야 자정이 되면
강어귀에 모여든 배들이
으르렁 냅다 경적을 터뜨린다. 넵튠의 거친 바순을
타고 길게 흐르는 선율, 우리와

포트 선라이트 대안(對岸) 사이 어둠 속으로,
하늘의 시꺼먼 둥근 천장까지
머지강의 태곳적 불행을 쑤셔 넣으며,
욕지거리 같은 환희에 찬 한마디 말대꾸.

검은 강

잉크병에 아직 잉크가 얼마 남아 있다.
—마지막 몇 방울—저 산을 외투처럼 가린
폭풍 구름 뿌려 넣고, 그림자 위에 켜켜이 쌓인

그림자로 강을 채우면 딱 될 만큼이다.
떠다니는 저 점들은 잿빛 갈매기냐 기러기냐?
저 너머 줄줄이 늘어선 것들은 무덤이냐 포도원이냐,

자작나무 샛길이냐 버려진 방앗간이냐?
캄캄한 굴뚝 안에 갇혀 있던, 풋내기 갈가마귀가
드디어 벽난로 밖으로 기어 나왔다. 거미줄

대망막을 뒤집어쓴 채, 하늘빛 두 눈을 번득이며,
이제 있는 투지를 다 불러일으켜야 하리라,
여기 머물기 위해, 아직 그럭저럭

빛 몇 알갱이, 공기 몇 모금 남아 있는 이곳.

여진(餘震)

무슨 우주적 변덕인지 접속 차단된 전화가
빽 주홍빛 비명을 내질렀다—나는 덥석 잡아챘다.
미안하다는 말이 끝나기 전에 나는
그 목소리에게 잘못 건 전화번호를 달라 해서 받았고,

그렇게 나는 요금 한 번 물지 않고 일 년 내내
써먹을 수 있는 마법의 숫자를 갖게 되었다.
—받을 수만 있고 걸 수는 없는 전화였지만,
토콰토 타소가(街)의 그 낡아빠진 아파트로 통하는

가느다란 생명선이었다. 그곳에서 나는 케르베로스가
마당에서 시끄럽게 짖어대는 소리와—쥐는 그렇다 치고—
지진이 둥근 천장에 남기고 간 균열과 함께 살았다.

삼십 년이 지난 지금, 어두운 한밤중에,
나는 까만 베이클라이트 수화기를 잡으려 손을 뻗친다.
멀어져가는 비너스의 음악을 듣기 위하여.

고가다리
—앙드레 케르테스에게 바치는 오마주

즐거운 네로는 그래도 바이올린으로 바흐를 연주한다
여느 때 같은 역사적 통찰력을 보여주며 당신은 말했다.
팬데믹이 몇 달째 계속되는 중이었다.
그래 여기 내가 있다, 긴 세월과 이
폴리 건축물 포트폴리오에 짓눌려져서.
나는 이걸 두 팔에 안고 폭격당한 땅을 지나 운반 중이다.
벽돌 가루로 검붉게 되고 숯처럼 탄 문짝들이 널려 있는.

사재기꾼들이 약방을 싹쓸이했고
빵집은 창마다 판자를 대고 폐점한 이때, 기적이다
아치 모양 고가다리가 아직도 멀쩡하다니—
그러나 누가 어디로 그리고 왜 가는 걸까, 궁금하다.
나는 당신이 기다리는 카페로 향하고 있다.
그 연극적인 비단 미망인 상복을 걸치고
초승달처럼 창백하게 구석 자리에 앉아 있는 당신,

신성한 뮤즈의 통렬한 개정판이다.
재난은 아주 작은 미생물에
의미를 부여하고, 미신을 편애한다.
나는 이런 허황된 생각을 한다. 오직 당신만이
그 이미지들을 이해할 수 있으리라 그게 아니면
당신이 그것들을 이해하기만 한다면 그것들이

살아나와 지상에 그림자 하나 던질 수 있으리라,

제 폐허를 딛고 솟아오르는 흩어진 도시가.

미로

장애물들이 어떻게 증식하는지 보라.

차도는 교통마비다 그래서 나는 차를 버리고
걷기 시작한다. 갈 길을 물으니
너무 축소되어 읽을 수 없는 지도를 보여준다.
도로마다 막다른 골목이요 지혈대로 묶어놓은 모세혈관이다.
내 목적지에 닿으려면 경사가 급하다 못해
방벽 같아 보이는 거리를 기어 올라가야 한다.
겨우 열 발짝 떼었을까, 나는 헐떡이기 시작한다.
머리 위 구름이 허옇게 말라 쭈그러진 허파 같다.

여인 둘이, 웃으면서, 나를 어떤 집으로 인도하고
그게 지름길이라고 말하지만 옷걸이와 커튼,
가리개 씌운 가구들의 미로처럼 보인다.
온 집안 식구들이 복도에, 발코니에, 진을 치고 있다.
그들은 나에게 황소가 마당에서 기다린다고 경고한다
자물쇠 채워진 대문까지 가려면 나는 꼭 거길 가로질러야 한다.
그런데 나는 황소 대신 곰을 발견한다
녀석은 뒷발로 서서 이빨과 발톱을 드러냈다.

나는 녀석의 어깨를 조심스레 쓰다듬고 웅얼웅얼
부드러운 말로 녀석의 미쳐 날뛰는 울부짖음을 달래려 한다.
녀석의 이마가 어찌 그리 좁고, 눈은 어찌 그리 슬픈지.

어르는 말을 내가 멈춰버리기라도 한다면
얼마나 빨리 분노의 발작이 다시 시작될까?
그리고 지금쯤 나는 벌써 늦었다, 아마도 너무 늦었으리라
근처에서 기다리고 있는, 이런 장애물들에게서
나를 해방해주기로 약속했던 그 사람을 만나기에는.

무당벌레의 내습

해마다 이맘때, 시월 초가 되면,
따뜻함과 차가움의 안개 서린 가장자리에서,
무당벌레의 내습이 시작된다.

처음엔 하나, 그다음엔 열, 그다음엔 수백 마리,
까만 반점이 찍힌 빨강의 무리.
녀석들은 작년 내방의 냄새 분자가

아직도 배어 있는 욕실 창틀의
비좁은 공간을 차지한다. 이것은
봄에 녀석들이 떠들썩하게 깨어날 때까지

몇 달 동안 창을 열지 말아야 한다는 걸 뜻한다.
당분간 그들은 잠자는 중이다. 정지 상태로, 꿈도 꾸지 않고,
심연우주 비행에 도전하는 우주선 승무원처럼.

서둘러 그들을 깨우는 건 치명적인 일이 되리라.

출석부

그들 모두가 지금도 내 눈에 선하다, 마치 지금 막
빨강과 회색 콤비를 입고 아침 점호에 모였을 뿐
오십오 년 긴 세월이 아예 흘러간 적 없다는 듯.

월원은 말수가 적었는데 노는 시간에는
상상의 물고기를 낚으려고 현란한 빛깔의 깃털에
철사를 칭칭 감았다. 트리폴리 출신 반즈,

천식으로 시달렸지만 노랫소리는 천사 같았다.
라나, 네팔에서 온 운동선수, 이제는 땅딸막하지만 그래도
어쨌든 옛날 그대로인데, 담배와 타이어를

중국으로 수출한단다. 티미, 점잖은 요루바족,
단연 제일 키 큰 사내애였는데, 칠 년 전에
에이즈로 죽었다, 유명한 사진작가.

그리핀, 너무나 견딜 수 없이 아름다워서
쳐다보기 어려웠던 아이, 한번은 계단에서 나를 멈춰 세우더니
결론을 내렸다 "너 나 안 좋아하지, 그렇지?"
나는 그렇지 않다고 말할 용기가 없었다.
출석부에 새겨신 그들의 이름이 지금도 내 눈에 선하다.
라쉬카리, 모, 사자디, 수웰, 싱—

하키팀 주장인데 이발소에 가지 않아도 됐다.

우리 모두 기쁨으로 시작했다.

우리가 갇혀 있던 그 음울한 감옥에도 불구하고.

그가 내가 되리

내가 나 자신과의 만남을 주선했을 때
예상대로 그는—그라 부르자—늦게 나타났다.

내가 카운터 앞 높은 의자에 앉아 한 시간은 죽치면서
붉은 포도주 석 잔을 비우고 나니 그가 흘러 들어왔다.

나처럼 생겼다, 나보다 더 긴 머리에, 한참 더 젊을 뿐,
무심한 태도로 전혀 먹히지 않을 변명이나 둘러댄다.

시계 먼지가 늘어가는 동안 내가 집적거려도
꿈쩍 않던 여자 바텐더가 갑자기 희색이 만면하다.

나는 그에게 한잔 권했다 딱 봐도
그가 돈도, 일자리도, 지구력도 없는 게 분명한지라

—그중 어떤 것도 나 자신 넉넉히 가진 건 아니었지만
적어도 나는 제시간에 도착했고, 시간이라는 게

내가 그에 비해 덜 가진 거라, 그래서 그가 늦은 것이
더욱더 고약스러웠다. 나는 그가 모른다는 걸 알 수 있었다
뭘 자기가 원하는지—뭘 마시고, 뭘 가지고, 뭐가 될 건지.
막연하게 깜짝 놀란 표정이 그의 눈 주위를 돌아다닌다

마치 그의 자신감이 허세에 불과하다는 듯이.
내가 그에게 말해줄 수도 있었으리라 앞으로 닥쳐올 일들이

그가 가진 것보다 더 견고한 자신감도 시험하게 되리라고
그러나 왜 말을 낭비하리―그도 머지않아 알게 될 텐데.

그 바보가 전적으로 확신하고 있는 것 같아 보이는 건
살아생전 결코 그가 내가 되지 않으리라는 것뿐인데.

트윈 픽스

내가 몽 데스푸아, 또는 마운트 디스페어라고 이름 붙인

(······) 그 화산

　　　　　　　　　　—엘리자베스 비숍, 「영국에 돌아온 크루소」

몽 데스푸아와 마운트 디스페어 쌍둥이 봉우리는

수시로 서로 자리를 바꿔서 어느 게 어느 건지 구별하기

어렵다, 솔(sol)과 솜브라(sombra) 따위 단순 이분법만으로는.

사정없는 날씨는 그 둘을 똑같이 다룬다

—구름이 정상에 모이고 흩어진다.

어떤 때 구름은 용처럼 말하고, 어떤 땐 사람처럼 말한다.

쌍둥이 봉우리는 똑같은 성분으로 만들어졌다

—흑옥과 설화석고의 혼성물,

같은 강도의 돌풍에 의해 같은 속도로 마모되었다.

나는 한쪽 봉우리의 기슭에 오두막을 지었는데,

이제 와선 나도 둘 중 어느 쪽이었는지 잘 모르겠다.

둘의 정수리도 발톱도 날개도 하나로 녹아들었다.

처음엔 한쪽이 더 높아 보인다, 다음엔 다른 쪽이

그러나 어느 쪽도 제 쌍둥이 없이는 결코 나타나지 않는다.

양쪽이, 상쾌하고 절망적인, 똑같은 전망을 펼쳐 보인다.

L'AMOR CHE MOVE IL SOLE E L'ALTRE STELLE
(해와 또 다른 별들을 움직이는 그 사랑으로)

친구의 무덤을 보살피려고―거짓말이다―둘러보려고 왔는데
밀랍 같은 잎사귀가 달린 꼴사나운 관목이
무덤터를 제집으로 삼은 걸 발견했다. 마지막으로 와본 지도

십 년이 지났다―죽은 자의 말을 번역하는 것 말고는,
뭔지 생각도 안 나는 일을 하느라고―그리고 이제
화강암 묘석이 완전히 가려졌다.

가시덤불과 잡초와 이런 돌출성장물에.
다 너무 자랐다. 내 친구는 어쩌다가
키릴문자 수풀 백계러시아인 구역에 묻히게 되었는데,

그네들은 먼저 간 사람들을 훨씬 더 잘 돌봐준 것 같다.
아마 다들 그쯤 생각할 거다 그런 거로 사랑이 판정되는 거라면.
이제 내가 생전의 친구보다 나이도 훨씬 더 많은데다,

건강도 내 나이에 그가 누렸음 직한 것보다 훨씬 더 나쁘다 보니,
나도 우리 위치가 얼마나 잘못되었는지 어렴풋이 느끼게 된다.
그가 땅 밑으로 가고, 내가 땅 위에 서 있다니.

나는 그 관목 가지 몇 개를 탁 부러뜨렸다.
상처 입고, 분개한 목소리가 갈기갈기 찢긴

사지에서—보보크! 보보크!—끓어오르기를 반쯤

기대하면서—우리 우정의 실패와,
경솔한 말과, 등한시에 대한 질책이,
천국-안식처 어린 시절이 끝난 뒤.

이제 적어도 그의 이름은 판독 가능하다, 우리가
석수에게 그 아래 새겨달라 한 그 말은 읽을 수 없다 해도,
*Paradiso*의 마지막 행, 번역되지 않은 그 말.

시인 노트

그림은 종이에 잉크와 수채물감을 사용했지만, 때로는 크레용과 콜라주를 쓰기도 했다. 예외가 세 차례 있지만, 이미지의 크기는 8×6인치(20.32×15.24센티미터)이다. 「고가다리」의 이미지는 앙드레 케르테스의 사진 작품 「뫼동(Meudon)」을 내가 스케치한 것인데, 동반 시에서도 나는 「뫼동」을 여기저기 내 마음대로 바꿔 사용했다. 「사자-나무」의 명문은 래컴의 대 플리니우스 번역에서 따왔다. 「사자 궁전」의 명문은 알함브라 궁전 안뜰에 있는 분수의 수반 가장자리를 따라 새겨진 이븐 잠락의 시에서 따와서 내가 번역한 것이다.

역자 주해

명문(銘文, Epigraphs)

아, 아니; 그 시절, 오!

토마스 하디(Thomas Hardy)의 『통찰의 순간, 외 모음 시집 (*Moments of Vision and Miscellaneous Verses*)』(1917) 중 「바람 불고 비 올 때(During Wind and Rain)」의 1연 6행. 이 구절은 3연 6행에서 반복되고, 2연 6행과 4연 6행에서는 "아, 아니; 그 시절, 그 시절(Ah, no; the years, the years)"로 변주되어 반복된다. ("During Wind and Rain." *Moments of Vision and Miscellaneous Verses*. In *The Variorum Edition of The Complete Poems of Thomas Hardy*, edited by James Gibson, Macmillan, 1979, pp. 495～496)

되돌아서서 그 시절을 바라보면

프란체스코 페트라르카(Francesco Petrarca)의 『서정시편(*Canzoniere*)』 298번 소네트의 시작 행. 이 시는 라우라(Laura) 사후(死後)에 쓰인 시편 중 하나로서 시간이 가져오는 상실과 죽음에 대해 노래한다. (*Petrarch's Lyric Poems. The* Rime sparse *and Other Lyrics*, translated and edited by Robert M. Durling, Harvard UP, 1976, pp. 476～477. 이탈리아어 영어 대역본)

■ 이하 모든 인용문은 역자의 번역이고, 번역에 사용된 원전 텍스트의 서지 사항은 해당되는 주해 본문에 명기하고 괄호로 처리했다.

서언(Foreword)

'비사회적인 거리' (……) 결국 담장이 부실해야 좋은 이웃을 얻게 되는 법이다

강제 은둔과 '사회적 거리두기'가 다시 한번 우리에게 깨우쳐 준 게 있다면, 우리가 각자 자기 보호를 위해 쌓아 올린 담장이 아주 쉽사리 자기 고립과 자기 감금으로 이어질 수 있다는 점일 것이다. 맥켄드릭은 그 깨달음을 "좋은 담장이 좋은 이웃을 만든다(Good fences make good neighbours)"라는 속담을 변용하여 풀어낸다. 예부터 내려오는 삶의 지혜가 속담에 응축되어 있다고 한다면, 담장과 사회적 거리가 이웃과 적당히 편한 관계를 유지하기 위한 최소한의 조건에 그치지 않고, 나와 이웃의 안전과 생존을 위한 강제 장치로 둔갑한 팬데믹 시대야말로 이 속담에 담긴 지혜의 어두운 이면을 새삼 살펴봐야 할 때라는 얘기일 것이다. 로버트 프로스트(Robert Frost)가 「담장 고치기(Mending Wall)」에서 시도한 속담 비틀기와 흡사한 방법으로 말이다.

몇몇 그림은 아주 쉽게 나왔고, 몇몇은 제 자신 말고 다른 무언가를 위해 일하는 건 싫다는 듯이 눌러앉아 버렸다. (……) 서로 말을 주고받을 수 있기를 희망한다

시와 그림 둘 다 의인화되어 예술이라는 한마을에 사는 이웃으로 정의되고 있다.

아무것도 없다(Nothing Doing)

맥켄드릭은 이 시에서 페트라르카의 소네트 형식(Petrarchan sonnet)을 느슨하게 차용하는 동시에 자신이 이 시집의 명문으로 삼은 하디와 페트라르카의 주제—시간이 파괴하고 남긴 것들—를 자신의 억양으로 바꿔서 연주한다. 시간성에 대한 이 시의 연주는 다음에 이어지는 시, 「아무것도 하지 않으며」와 더불어 시집 전체의 어조와 감정을 설정하고, 시인의 개인적인 기억과 회상을 서양 문화의 집단적인 기억과 한데 엮으며, 잔존한 생명력과 미래를 숨죽인 목소리로 노래한다.

왜가리 한 마리가 (······) 한겨울 (······) 내 앞머리가 떨린다
왜가리가 재난의 시대 또는 인생의 한겨울을 맞은 백발 시인의 자기 투영체라는 점이 명백하게 드러나는 대목이다. 시인이 왜가리로 변화(metamorphosis) 중이니까 말이다.

그러나 헤엄치는 것도, (······) 날 노려보는 것도 없다. 내가 살펴보는 연못의 수면 아래엔
물을 들여다보는데 물이 너무 투명해서 수면에 자신의 얼굴도 나타나지 않는다면 무슨 느낌이 들까? 자신이 살아 있기는 하나 실체는 없어서 그림자조차 생길 수 없는 빈 존재인지, 세상이 협잡인지, 아니면 스스로가 협잡인지 묻지 않을 수 없지 않을까? 시집이 과거로의 기억 여정이고 따라서 필연적으로 자전적이라는 점을 생각한다면, "아무것도 없다"는 말은 일단 자신의 기억 여정이 나르키소스(Narcissos)의 이야기에서처럼 자기애에서 출발하는 건 아니라는 선언처럼 들린다. 그렇지만 그의 기억 여정은 아무것도 없이 텅 빈 수면과 물속에서 자신의 얼굴을 찾기 위해 떠나는 여정이기도 하다. 그 여정을 시작하는 지금-이곳에는 세상은커녕 자신의 얼굴조차 보이지 않는 텅 빈 물이 있을 뿐이다. 그 아무것도 없는 물에 기억의 그림자 또는 기억의 실체를 채워 넣는 작업이 맥켄드릭의 기억 여정이다.

아무것도 하지 않으며(Doing Nothing)

형식과 내용 양면에서 이 시는 바로 앞의 시 「아무것도 없다」
와 쌍을 이룬다. 제목을 원문대로 읽으면 이 두 소네트―"Nothing
Doing"과 "Doing Nothing"―는 교차대구법(chiasmus) 쌍이다. 앞
의 시에서 시인이 왜가리와 함께 아무것도 없는 세상을 바라보며 세
상이 "협잡"이라고 느낀다면, 이 시에서 시인은 남의 눈에 비친 자
신의 삶을 바라본다. 교차대구법 시각 교환이라고나 할까. 세상의
눈으로 보면 자신 또한 아무것도 아닌 것, 실체가 아닌 "협잡"으로
보일 수도 있다. 남이 보기에 자신의 삶은 "아무것도 하지 않으며 사
는 삶," 공허, 무위, 잉여, 불모의 삶일 수도 있다. 그러나 시인은 자
신의 삶이 얼핏 보아 막막한 무의 공간에 불과한 우주의 저편에서
이미 이루어졌거나 앞으로 이루어질지도 모를 생명의 음악과 춤, 꽃
잎 펼쳐지는 소리에 귀 기울이는 삶이라고 주장한다. 무는 무가 아
니라 유의 씨앗을 품고 있을지 모른다. 그런 의미에서 이 시는 무
(nothing) 또는 무위(doing nothing)의 옹호, 시인으로서 자기 삶에
대한 옹호(*apologia pro vita sua*), 또는 시적 행위의 옹호(defense of
poetry)라고 할 수 있다.

아무것도 하지 않으며 사는 삶

"무," 또는 "무위"는 맥켄드릭의 시작 전반에 걸쳐 반복적으로 발
견되는 시적 화두 중 하나이다. 그렇게 본다면 "아무것도 없다"와
"아무것도 하지 않으며"는 그의 시집 『대리석 파리(*The Marble Fly*)』
에 수록된 「벌이 좋은 일(Gainful Employment)」과 또 다른 시집 『저
밖에(*Out There*)』에 수록된 「저 밖에(Out There)」, 「무에 대하여(On

Nothing)」의 변주라고 할 수 있다.

장단 없는 무한 공간 너머로 귀를 기울인다. 지난해의 박동을 찾아 (……) 그걸 황무(荒蕪) 공간이라 불러라

이 시에서 잉여/불모/쓰레기 공간은 생명의 씨가 뿌려진 곳, 생명의 질료가 되는 공간으로 새로이 정의된다. 여기서 "황무(荒蕪) 공간"이라고 번역한 원문 "a waste of space"는 쓸모없는 사람, 자리만 차지하는 사람, 즉 아무것도 하지 않는 사람이라는 뜻이기도 하다. 결국 '쓸모없는 사람'이 쓸모없는 사람이기만 한 건 아니라는 뜻이다. 위에서 언급한 시 「저 밖에」의 우주 공간(space)과 이 시집에 수록된 「무당벌레의 내습(An Infestation of Ladybirds)」에 나오는 "심연우주 비행에 도전하는 우주선 승무원"의 이미지와 연결해 생각해 본다면 말이다.

귀뚜라미-약탈꾼(The Thurn-Harrier)

귀뚜라미

맥켄드릭의 원문은 "Thurn." 그러나 이에 대한 정확한 정보는 어디에도 없었다. 슬로베니아 자연사 박물관 웹페이지에 "Thurn Treehopper; Thurn bug; *Centrotus cornutus*"라 불리는 곤충류에 대한 정보가 있기에 혹시 이걸 뜻한 건지 맥켄드릭에게 질의한 결과 이런 답을 얻었다. 자신으로서는 "thurn"이란 이름으로 진짜 벌레를 가리키려고 한 게 아니라 아직 곤충학적 분류표에도 오르지 않은 미천하기 짝이 없는 벌레라는 의미로 사용하려 했다는 얘기였다. 그 점을 염두에 두고 역자도 우리가 주변에서 흔히 보는 벌레인 "귀뚜라미"로 번역해보았다. 이 벌레의 정확한 정체가 아니라 이 "미천한" 벌레가 맥켄드릭의 시에서 하는 역할에 번역의 초점을 맞췄다는 뜻이다. 이 시는 "thurn"이라는 벌레가 제가 살던 집에서 쫓겨나면서 욕설 몇 마디 내뱉는 순간, 다시 말해 시인이 시인으로서 여정을 시작하는 그 순간을 보여준다. 그런 맥락에서 보면, 이 시는 이 시집 첫번째 시에 나오는 왜가리의 이름 없는 벌레 시절, 즉 백발 시인의 젊은 "그 시절"에 대한 것이다. 이 짧은 "시인 성장기"를 이 시집의 두번째 시 「아무것도 하지 않으며」와 함께 읽으면, 베짱이 (Grasshopper)에 관한 이솝 우화가 떠오른다. 여름 한철 신나게 놀던 베짱이가 모든 게 얼어붙고 사라지는 모진 겨울을 맞게 되고, 그때 비로소 자신이 귀중한 시간을 헛되이 써버렸다는 걸 깨닫게 된다고 했던가? 이 시에서도 시인은 "아무것도 하지 않으며" 사는 듯이 보이는 자신의 삶에 대한 세상의 관습적 시선을 의식하고 그에 반응하고 있다. 그래서인지 귀뚜라미가 아니라 그를 약탈하는 마름 딱정벌레가 시의 제목과 동반 그림의 중심을 차지하고 있다.

귀뚜라미의 어휘는 빈약했지만 (……) 욕설 몇 마디 혼잣말처럼 내뱉을 정도의 여유는 있었다

여기서 맥켄드릭은 윌리엄 셰익스피어(William Shakespeare)의 『폭풍(The Tempest)』 1막 2장 362~364행에서 칼리반(Caliban)이 프로스페로(Prospero)를 향해 한 말을 자신의 반향판에 올린다. 칼리반은 자신을 양육하고 교육했으니 감사히 여겨야 한다는 프로스페로의 주장에 이렇게 대꾸한다. "당신이 나한테 말을 가르쳐줬지,/ 그래서 내게 돌아온 혜택이라곤 내가 욕하는 법을 배웠다는 것뿐이야." 귀뚜라미에게 언어를 사용하여 제 생각을 표현하도록 '가르친' 자가 약탈꾼 딱정벌레라는 얘기, 또는 약탈꾼 딱정벌레야말로 귀뚜라미가 시인으로 성장하는 과정을 작동시킨 자, 곧 귀뚜라미의 프로스페로라는 얘기가 가능해지는 지점이다. 달리 말하자면, 이 대목에서 맥켄드릭은 프로스페로와 칼리반의 관계를 자신의 시적 여정의 모형으로 삼고, 청년 시절의 자신의 시를 제집에서 쫓겨난 자의 언어적 저항으로 풀이하고 있다. 맥켄드릭이 여기서 만들어내는 자기 이미지 칼리반은 이 시집 첫번째 시「아무것도 없다」에서 자기 투영체로 조형된 왜가리와 닮았다. "쇠못처럼, 손도끼 날처럼" 날카로워진 백발 시인의 "부리"와 "욕설 몇 마디"로 약탈꾼에 대항하는 칼리반, 이들 둘 다 "협잡"과 "약탈"의 세상을 향한 공격과 저항을 담은 이미지이기 때문이다. (The Tempest, edited by Stephen Orgel, Oxford Shakespeare, Oxford UP, 1987)

사자-나무(The Lion-Tree)

명문과 제목

대 플리니우스(Pliny the Elder)의 『자연사(*Natural History*)』, 13:
XXXIX. (Pliny, *Natural History*, with an English translation in ten
volumes, Volume IV: Libri XII-XVI, edited and translated by H.
Rackham, Loeb Classical Library, Harvard UP, 1945 참조)

그 재목이 아르고호—늙은 넵튠의 선잠을 찢은 그 배

황금 양모를 얻기 위해 콜키스(Colchis)로 떠난 아르고호의 항
해와 관련된 이야기는 여러 고전 작품에서 여러 갈래로 발견된
다. 이 이야기는, 예컨대 아폴로도루스(Apollodorus)의 요약집이
나, 로도스의 아폴로니우스(Apollonius Rhodius)의 『아르고호의 항
해(*Argonautika*)』외에도, 에우리피데스(Euripides)의 『메데이아
(*Medeia*)』, 세네카(Seneca)의 『메데아(*Medea*)』에서도 발견된다. 그
러나 맥켄드릭은 이 시에서 특히 로마 시인 카툴루스(Catullus)가
펠레우스(Peleus)와 테티스(Thetis)의 결혼에 대해 쓴 작은 서사시
(epyllion)인 64번 시, 시작 부분(1∼21행)을 소환한다. "늙은 넵튠
의 선잠을 찢은 그 배"라는 구절로 맥켄드릭은 아르고호의 모험에
대한 카툴루스의 시선을 가져오는 것이다. 아르고호가 감행한 인류
최초의 바다 항해는 바다의 신조차 깜짝 놀라게 만든 경이로운 사건
이었다는 것이다. 그러나 그런 시선은 거기까지다. 맥켄드릭이 대
플리니우스의 사자-나무에서 발견한 영웅성은 카툴루스가 이어 쓰
는 아르고호의 서사시적 영웅성과는 사뭇 다른 종류의 것이기 때문
이다. 아르고스의 영웅들이 바닷길을 뚫고 세상으로 나아가 자신

이 원하는 것을 쟁취했다면, 맥켄드릭의 사자-나무는 고립과 분리를 사수한다. (*Catullus: The Poems*, edited by Kenneth Quinn, 2nd edition, St. Martin's Press, 1970, pp. 48~60)

　맥켄드릭은 사자-나무가 아르고호를 만드는 데 사용되었다고 하면서도 사자-나무가 아르고호의 모험에 적극적으로 가담했다고 말하지 않는다. 카툴루스가 채택한 방향과는 사뭇 다르다. 카툴루스는 아르고호를 건조하는 데 쓰인 목재인 소나무가 단순한 목재가 아니라 아르고호 모험의 주체인 것처럼 얘기한다. 카툴루스는 "아르고호의 항해"를 묘사하는 대목에서 아르고호 그 자체가 아니라 배를 만드는 데 쓰인 소나무에 시선을 집중하고 그에게 의인화된 자발성을 부여한다. 목재가 배의 제유(提喩)가 되어, 아르고호가 아니라 "옛날 펠리온(Pelion)산 정수리에서 태어난 소나무가/넵튠의 맑은 물결을 헤엄쳐 건너서 파시스 강안과/아이에테스의 땅끝까지 찾아 들어"오게 되는 것이다(1~3행). 마찬가지로 맥켄드릭도 대 플리니우스가 전한 바 아르고호의 원자재 사자-나무에 인간적인 의지를 부여한다. 맥켄드릭은 이 시 첫번째 행에서 사자-나무가 "멸종"했을 것이라고 선언하고, 자신의 사자-나무는 애초부터 카툴루스의 소나무와 아주 다른 종류의 의지를 가지고 있었다고 말한다. 카툴루스의 소나무가 자신의 의지와 충동에 따라 아르고호 영웅들과 '합류'하여 그들과 함께 바다를 항해하고 놀란 네레이스(Nereis)를 물 위로 불러냈다면, 맥켄드릭의 사자-나무는 "물에서도 썩지 않고 불에서도 타지 않는" 속성을 가졌기 때문에 아르고호의 목재로 '징발'되어 인류 최초의 바다 항해에 동원되었을 거라는 것이다. 카툴루스가 아르고호 영웅들의 진취적이고 공격적인 영웅성을 소나무에게 부여한다면, 맥켄드릭은 사자-나무의 특성을 사자-나무의 생태적인 고립과 은둔, 궁극적인 멸종에서 발견한다. 아르고호와 "사자-나무"에 대한 새로운 신화를 쓰기 시작하는 것이다. 사자-나무는 다른 나무들과 군락을 지어 살지 않고 홀로 물가에 산다. 그가 멸종된 이유도 스스로 모험을 찾아 세상 속으로 나섰기 때문이 아니라, 자신의 잎새를 뒤흔든 사나운 바람에 어느 날 부러졌거나, 자신의 실존적 피로 때문에 자멸을 선택했기 때문일 거라는 얘기다. 고립되고 격리된 자리에서 그대로 꼿꼿이 서 있다가 세상의 사자-바람에 꺾였거나, 고립과 분리, 물에도 불에도 자신을 내어주지 않는 특성 때문에 오히려 영웅적 모험과 공격의 수단으로 이용되고 착취되어 멸종의 길로 들어서게 되었거나, 아니면 삶으로부터 스스로를 분리하여 절대적인 고립인 죽음을 선택했을 거란 얘기다. 이들 중 어느 방식으로 사자-나무가 자멸의 길을 갔든지 간에, 그의 자멸은 고립과 은둔에서 나온 게 분명하다. 다시 말해, 맥켄드릭은 대 플리니우스와 카툴루스를 동시에 소환하여 병치한 후, 아르고호의 목재뿐 아니라 아르고호의 모험과 항해에 대한 새로운 신화를 지어내고, 그것을 18행으로 이루어진 이 서정시, 또는 극소형 서사시에 담아내고 있는 것이다. 고립과 분리, 은둔의 영웅도 서사시적인 소재라고 주장하면서 작은 서정시로 서사시의 광막한 바다를 껴안는 셈이다. 사자-나무의 고립된 일생을 앞의 시, 「아무것도 없다」와 「아무것도 하지 않으며」에서 얘기된 "무위"와 연결지어 생각해봄직하다.

고퍼나무보다 나뭇결이 촘촘하고

고퍼우드(gopherwood). 고퍼나무의 "gopher"는 성경의 장세기 6장 14절에 나오는 히브리어 "גֹּפֶר"의 영어 음역으로, 노아의 방주를 만드는 데 사용된 재목이라고 한다. 이 말은 히브리어에서도 일반적으로 사용되지 않고, 성경에서도 오직 여기서만, 그것도 야훼의 목소리를 빌려 사용된 말이기 때문에, 그 정체에 관해서는 해석이 분분하다. '널빤지' '흑칠한 목재' '삼목' '편백나무' 등 여럿이 제안되었는데, 요즘에는 '편백나무'로 굳어지는 경향이다. 그러나 여기서 중요한 것은 이 "고퍼나무"라는 말을 통해 노아의 방주라는 구원 서사와 아르고호라는 모험 서사가 비교되고, 그 비교를 통해 아르고호에 관한 영웅 서사와 사자-나무의 고립과 절멸 서사의 관계가 재조명되고 있다는 점일 것이다.

기린을 제외한 다른 모든 잎새 먹이 동물로부터 스스로를 지켰다

키가 크고 목이 긴 짐승인 기린만이 잎새를 따 먹을 수 있을 정도로 사자-나무가 높이 자랐다는 뜻이지만, 사자-나무가 오로지 기린에게만 자신의 일부라도 내어줄 수 있었다는 뜻이기도 하다. 사자-나무를 "고립체, 분리체"라고 부르는 이유 중의 하나이다.

사자 궁전(Court of the Lions)

알함브라 궁전 방문을 계기로 맥켄드릭은 오십 년 전 "그 시절"의 자신과 지금의 자신을 대비한다. 자전적인 목소리가 앞서보다 좀 더 확연하게 들린다. 기억의 여정이라는 모티프가 이 시집에 전체적인 골조를 제공한다면, 이 시는 기억 여정의 이중적 시간성과 이중적 시선으로 이루어진다. 시인은 기억 속의 사자 궁전으로 다시 돌아와 오십 년 전 자신이 최초로 이곳을 방문했을 때를 되돌아본다. 물은 예와 같이 흐른다. 물은 "그때 그 물"이다. 그렇지만 "나"는 달라졌다. 스물몇 살 청년이던 그때의 나는 용무늬 은빛 셔츠를 입고 매미들의 "자그마한 모루 메질"과 함께 미지의 세계가 깨어나는 소리를 들었으나, 지금의 나는 몸에 박아 넣은 철심만이 세상의 부름에 응하고, 나의 가슴은 수백 년 묵은 궁전의 "웅얼거림"에 떨린다. 그러나 맥켄드릭은 오십 년 전의 "나"와 지금의 "나"의 차이를 이 이상으로 부각시키지 않는다. 늙은 "나"의 시선은 사자 분수에서 쏟아져 내리는 물에 머물기 때문이다. 결국 물은 예와 다름없이 흘러 현재와 과거의 차이를 지우고 있지 않은가? 결국 매미의 모루 메질과 궁전의 웅얼거림이 내 가슴에서 "분간할 수" 없이 섞이고 있지 않은가? 물과 대리석이 구별되지 않고 하나의 흐름으로 보인다는 잠락의 말은 과거와 현재라는 시간성의 구분 또한 인위적일 뿐이라는 얘기가 아닐까? 물은 이대로 영겁으로 흐를 테니까 말이다. 이 시를 다음에 수록된 시 「여진(餘震)」, 「출석부」, 「그가 내가 되리」와 같이 기억의 이중적 시간성과 이중적 시선올 전경화한 시들과 함께 읽어볼 필요가 있다는 생각이다.

또 이 '그림+글' 시는 그림과 시의 관계를 시의 주제로 다루는 메타적인 시라는 점에서도 눈여겨볼 만하다. 맥켄드릭이 이 시에서 언급하는 사자 분수는 글이 석조물에 새겨져 석조물의 일부가 된 중요한 사례이다. 또 사자 분수의 수반 가장자리에 새겨진 시구는 바로 그 분수를 소개하고 묘사하는 동시에 칭송하는 시로서, 예술작품을 글로 재현하는 좋은 사례이다. 같은 맥락에서 사자 궁전이 있는 알함브라 궁전 자체가 건물 표면의 구석구석까지 삼천여 개의 아랍 명문(銘文)이 새겨져 있는, 문자 그대로 명문으로 이루어진 건축물이라는 점도 주목할 만하다.

사자 궁전 (……) 액체와 고체, 대리석과 물 (……) 어느 쪽이 흐르는 건지

사자 궁전은 알함브라 궁전 전체를 통틀어 가장 유명한 장소이다. 1362~1391년 알-안달루스(Al-Andalus)의 그라나다 술탄국 나스리드조(Nasrid Sultanate, 1232~1492)의 술탄 무함마드 5세(Muhammad V)가 건축한 이 궁전과 사자 분수는 이후 변형, 훼손의 과정을 겪었는데, 2012년 옛 모습으로 복구되었다. 이 시의 동반 그림을 보면 맥켄드릭이 오십 년 전에 본 사자 궁전과 사자 분수는 복구 이전의 모습이고, 시와 그림의 제작 시점인 지금 본 것은 복구 이후의 모습이라는 것을 알 수 있다. 달라진 것은 "나"뿐 아니라 사자 궁전이기도 한 것이다. 변치 않고 남은 것은 물뿐이다.

사자 궁전 중정에는 열두 마리의 사자 조각상으로 이루어진 하얀 대리석 분수대가 서 있다. 사자상들이 떠받치고 있는 십이각형 대리석 수반에서 흘러내린 물이 사자상들의 입을 통해 수조로 떨어진다. 이 물은 대리석 수로를 따라 흘러 중정 전체로 퍼진다. 하얀 대리석 수반의 가장자리를 따라 이븐 잠락(Ibn Zamrak, 1333~1393)

의 시가 새겨져 있다. 잠락은 무함마드 5세의 대신(vizier)이자 궁정 시인으로 알함브라 궁전을 술탄의 체현물로 다루는 칭송시(qasidah)를 썼는데, 그 시에서도 잠락은 맥켄드릭이 명문으로 따온 대목과 비슷한 말로 사자 분수의 아름다움을 얘기하고 있다. (잠락의 칭송 시에 관해서는 Akiko Motoyoshi Sumi, *Description in Classical Arabic Poetry: Wasf, Ekphrasis, and Interart Theory*, Brill, 2004, pp. 155~193 참조)

머지강의 무적(霧笛)(Mersey Foghorns)

머지강

맥켄드릭의 고향인 리버풀은 머지사이드(Merseyside)의 머지강 동안 어구에 자리하고 있다. 짙은 안개가 자주 끼는 이곳에서는 작은 배들이 아직도 무적을 항해 도구로 사용하고 있다. 무적 소리는 2015년 영국의 명승사적보호단체(National Trust)에서 시행한 조사에서 영국인들이 가장 사랑하는 바닷소리 10위 안에 뽑혔다. 무적 소리가 산업혁명과 노예무역으로 성장한 무역항이자 해상교통의 중심지인 리버풀의 역사적 정체성을 이루는 한 요소일 뿐 아니라, 영국인들의 심성에 깊이 자리한 무엇인가를 건드리는 소리임엔 틀림없는 것 같다.

포트 선라이트 (……) 한마디 말대꾸

포트 선라이트(Port Sunlight)는 머지사이드주의 전원도시 이름. 머지강을 사이에 두고 리버풀을 마주 보는 곳이다. 원래 19세기에 지금의 유니레버 공장의 노동자들을 위해 조성된 계획도시인데다 우리말로 번역하면 '햇빛 항구'다. 그래서 이 마을의 이름은 새해 전야를 인간 세계의 어둠이 가장 깊어진 순간의 '객관적 상관물'로 삼는 시인에게 말장난의 여지를 열어준다. 수많은 배들이 강어귀에 모여 어두운 밤하늘을 향해 일시에 무적을 터뜨리는 연례행사는 이제 배와 햇빛 항구 사이, 바다와 하늘을 가득 채운 어둠에 대한 통쾌한 야유와 말대꾸가 되고 어둠을 걷어내며 해를 불러내는 환호가 된다. 말 그대로 제야 영신하는 가장 리버풀항다운 방법이 아닌가 싶다. 덧붙여 역자는 새해 전야 자정을 섣달그믐 자정이라고 번역하고 싶었지만 영국은 음력을 따르지 않을 뿐 아니라, 이 제야의 밤 행사가 요즘도 해마다 이루어지고 있다는 점을 사실로서 존중하기로 결정했다. 무엇보다 이 시는 리버풀항에서 태어나 무적을 들으면서 성장했을 맥켄드릭의 실제적 삶에 근거한 것이기 때문이다.

검은 강(Dark River)

이 시는 잉크병에 얼마 남지 않은 잉크처럼 살날도 얼마 남지 않았다고 느끼는 나이 든 시인이 그래도 끝까지 살아보리라고 스스로 다짐하는 것처럼 들리는 시다. 그런 맥락에서 보면, 8~10행의 "대망막"을 뒤집어쓴 "풋내기 갈가마귀"라는 이미지의 "풋내기"와 "대망막"은 문제적이 아닐 수 없는데, 적어도 이런 의문들을 즉각적으로 불러일으키기 때문이다. 왜 "풋내기"라고 불렀을까? 왜 "대망막"을 뒤집어쓴 갓난아기처럼 보인다고 했을까? 문자 그대로 나이가 어려서? 아니면 나이와 상관없이 세상 속으로 방금 나왔기 때문에? 그래서 나이는 먹었는데 세상 사는 데 서툴러서? 아니면 나이가 들었기 때문에 오히려 세상을 새로운 눈(10행의 "하늘빛 두 눈")으로 볼 수 있게 되어서? 그에 대한 역자의 대답은 다음과 같다. 은둔과 고립의 굴뚝에서 갓 태어난 아기처럼 거미줄 대망막을 뒤집어쓰고 밖으로 빠져나온 풋내기 갈가마귀는 은둔과 고립의 삶을 살다가 어느 날 문득 자신의 시간적 현실과 대면하게 된 하얀 머리 시인의 이미지로서뿐 아니라, 어느 날 갑자기 인간 세상에 떨어져서 그곳에서 살아야 하는 어린아이의 운명을 나타내는 이미지로도, 또는 이 세상 모든 인간의 운명을 나타내는 이미지로도 읽을 수 있다. 이 이미지는 앞서 「아무것도 없다」와 「아무것도 하지 않으며」에서 얘기되는 텅 빈, 아무것도 없는 세상에서 시인으로 사는 일에 관한 생각이나, 「귀뚜라미-약탈꾼」이 보여주는 젊은 시인의 초상, 「사자-나무」가 전하는 고립체 나무의 전설, 또는 「출석부」가 보여주는 유년 시절에 대한 생각과 같은 맥락에서 해석될 필요가 있다.

여진(餘震)(Afterquake)

이 시에서 전화기의 "주홍빛 비명"(2행)은 죽은 전화기를 "가느다란 생명선"(8행)으로 변하게 하는 마법의 신호다. 마당에서 들려오는 케르베로스(Kerberos)의 짖어대는 소리—재난과 죽음의 소리—가 토콰토 타소가(Via Torquato Tasso; 16세기 이탈리아의 서사시인의 이름을 딴 거리)에 있는 시인의 작은 방을 하데스(Hades)로 만든다면, 그 방 밖에서 난데없이 걸려온 전화 소리는 방 밖에 누군가가 아직도 살아 있고 그 누군가가 다른 누군가와 연락하려 한다고 말해준다. 재난 시대의 마법은 방 밖으로부터 들려오는 비명과도 같은 목소리, "나"처럼 고립에서 벗어나기 위해 전화기를 드는 또 다른 "나"의 목소리였다는 얘기다.

맥켄드릭은 「아무것도 하지 않으며」에서와 마찬가지로 이 시에서도 막막한 황무 공간 너머로 귀 기울이고 있다. 비명 소리, 어디선가 들려올 것만 같은 꽃잎 열리는 소리, 풀씩 떨어지는 소리, 새 생명 움트는 소리. 그게 맥켄드릭이 재난의 여진을 견디는 방식이다. 재난과 고립의 도시에서 보낸 자신의 젊은 "그 시절"을 역병과 노년이라는 재난 속에서 자신이 지금도 하고 있는 시 쓰기라는 일에 관한 예형적인 이야기로, 또는 재난에 굴하지 않고 생명의 소리에 귀 기울이는 행위에 관한 원형적인 이야기로 읽는 것이다. 그렇게 이 시를 읽는다면, 이 시 마지막 행의 "멀어져가는 비너스의 음악"은 멀어져가는 생명의 소리를 의미할 뿐 아니라, 여전히 남아 있는 생명의 소리에 대한 기억을 의미하게 될 것이다. 다시 말해, 생명의 소리에 대한 기억만이 재난과 쇠퇴의 삶을 견딜 수 있게 해준다는 얘기다.

삶이 쇠퇴 과정이라면, 삶이 비너스의 음악이 점점 멀어져가는 과정이라면, 삶이 끊임없이 찾아오는 지진과 여진을 견디는 것이라면, 여진을 견디게 해주는 힘이 가느다란 전화줄을 타고 들려오는 또 다른 존재의 목소리라면, 그 목소리가 만물의 어머니인 비너스(Venus genetrix)의 음악이라면, 여진은 재앙의 후유증일 뿐만 아니라 생명의 꿈틀거림이기도 하다는 뜻일까? 그래서 노년이라는 "어두운 한밤중"을 살아야 하는 지금의 "내"가 비너스의 음악을 다시 듣기 위해 삼십 년 전 "그 시절"의 "나"한테 전화라도 하려는 것일까? 재난과 폐허 그리고 생명의 소리에 대한 기억이라는 맥락에서 보면, 이 시는 앞의 시 「아무것도 하지 않으며」를 이어 쓴 것이라고 말해도 무방할 것 같다.

참고로 덧붙인다면, 맥켄드릭은 이탈리아 남부 캄파냐(Campania) 지방의 도시 살레르노(Salerno)의 살레르노 대학에서 사 년간 교수(lettore)로 재직한 바 있다. 캄파냐 지방은 지진과 화산 활동이 활발한 지역인데, 맥켄드릭이 여기서 말하는 지진은 1980년 11월 23일 살레르노 북동 55킬로미터 지점 아벨리노(Avellino)에서 일어난 이르피냐(Irpinia) 지진이다. 구십여 차례의 여진을 동반한 강도 6.9의 강진이었던 이 지진으로 인해 최소 2,483명이 사망하고 7,700명이 부상을 입었으며 25만여 명의 이재민이 발생했다. 진앙지에 가까운 나폴리와 살레르노는 이때 막심한 재해를 입었다. 이 시에서 언급된 토콰토 타소 거리는 살레르노의 구도심지에 있다.

수화기를 잡으려 손을 뻗친다. 멀어져가는 비너스의 음악을 듣기 위해

이 대목에 대한 최상의 주해는 동반 그림이다. 화면은 하늘과 땅

둘로 분할되어 있고, 하늘 바로 아래 왼쪽 가장자리에 분화구가 깊이 파인 베수비오 화산(Monte Vesuvio; 그림에 새겨진 "VESEVO"는 이 화산의 라틴어 이형 이름)이 보인다. 산 정상과 맞닿아 있는 하늘을 가리며 검은 옷의 인물들이 장중한 행렬을 이루어 앞으로 나아가는 것이 보이고, 그 행렬을 선도하는 인물의 검은 옷자락이 비너스의 하얀 머리칼과 만난다. 하얀 머리칼을 따라가면 비너스의 하얀 얼굴과 상체를 보게 된다. 행렬의 위편 하늘에는 커다란 피리(oboe)가 둥실 떠 있다. 화산 기슭에는 도시가 둥지를 틀었다. 높이 솟은 대성당이 보이고 그 앞으로 뻗은 대로 "대성당 거리(Via Duomo)"가 보인다. 도시를 포위하듯 에워싼 공간에는 풀과 나무가 무성한데, 사이사이로 풀씨가 휘날리고, 동물의 눈이 번뜩이며, 뱀이 똬리를 틀고 있다. 야생의 공간이다. 그림 정중앙에는 도시와 야생을 연결하는 까만 전화선과 전화기가 자리하고 있다. 비너스는 화산의 발아래에서 벌어지는 일을 내려다보고 있다. 여신의 눈길은 도시와 대성당과 야생의 숲뿐만 아니라 이 두 세계를 연결하는 전화기에도 닿아 있다. 도시가 야생이 되고 야생이 도시가 되는 인류 문명의 변전을 만물의 자궁인 비너스가 주재하며 지켜보고 있다는 얘기일까? 그 눈길은 슬프면서도 따스하다. 비너스가 주재하는 베수비오 화산 그늘 밑의 세상과 장례 행렬이 움직이고 피리가 떠 있는 화산 분화구 위쪽 하늘은 각각 맥켄드릭의 과거와 현재를 보여준다. 달리 말하자면, 비너스의 눈길은 하늘과 땅을 연결하는 동시에 맥켄드릭의 과거와 현재도 연결한다. 그렇게 본다면, 그림 속 비너스의 눈길은 맥켄드릭의 기억의 눈길이기도 하다.

동반 그림은 베수비오 화산과 그 그늘 아래 생겨난 인간과 자연의 세계를 보여준다. 베수비오 화산은 활동을 잠시 멈춘 상태다. 반면 동반 시는 베수비오 화산이 아니라 지진에 대해서 얘기한다. 그림과 시에 공통으로 나타나는 이미지는 긴 전화선이 달린 까만 베이클라이트(Bakelite) 전화기다. 그림 속 전화기는 도시와 야생을 연결하는 이미지일 뿐 아니라 그림과 그림 밖의 시를 연결하는 기억의 장치이다. 다시 말해, 그림이 이미지로 그려 보여주는 베수비오 화산과 그 아래 자리한 도시의 풍경과 시가 말로 그려 보여주는 1980년 이르피냐 대지진 후 살레르노 일대의 풍경은 맥켄드릭의 기억 속에서 한 쌍의 상응 이미지가 된다.

좀 더 구체적으로 설명하자면, 베수비오 화산 그림과 이르피냐 대지진에 관한 시를 하나의 '그림+글' 시로 구성함으로써 맥켄드릭은 적어도 다음 두 가지 작업을 수행한다. 첫째, 맥켄드릭은 자신이 경험한 1980년 대지진을 '베수비오 화산'이라는 이미지를 통해 읽는다. 다시 말해, 맥켄드릭은 79년 베수비오 화산 대폭발을 전후하여 이루어진 베수비오 화산과 그 인근에 대한 이야기와 관찰기로부터 1980년 이르피냐 대지진을 읽는 방법을 배운다. 베수비오 화산은 79년 8월 24일에 폭발했는데, 이때 분출된 거대한 용암 줄기는 인근 도시 폼페이(Pompaia ; 현재 이름 Pompeii)와 헤르쿨라네움(Herculaneum ; 현재 이름 Ercolano)을 덮쳤다. 그 후 베수비오 화산과 79년 대폭발로 인해 사라진 도시들은 인류 문명을 위협하는 재앙의 상징이 되었다. 그렇지만 사람들은 베수비오 화산이 인류가 도시를 세우고 곡물과 포도를 재배하며 문화를 누리는 풍성한 삶을 일굴 터전을 제공한다는 사실을 잊지 않았다. 79년 대폭발로 매몰된 폼페이와 헤르쿨라네움도 베수비오 화산 밑에서 화려한 문화를 일궈냈고, 화산이 선물한 기름진 땅에서 고급 포도주와 양질의 곡물을 생산했다. 재앙과 풍요로운 삶의 자양분이 하나의 원천에서 나온 것이다. 이 관점은 79년 대폭발 이전에 이루어진 캄파냐 지방에 대한 문학적인 관찰에서도 발견된다. 시칠리아의 에트나 화산 일대 검은 땅처럼 베수비오 화산 일대의 들판도 "비옥한 언덕과 산으로 둘러싸인 기름진 땅"[스트라보(Strabo), 『지지(地誌)(The *Geography of Strabo*)』, translated by Duane W. Roller, Cambridge UP, 2014, 5.4.3]으로 산기슭마다 "포플러나무와 짝을 짓고 신부를 음탕한 팔로 꽉 끌어안은 채" 나무 꼭대기까지 기어오르는 포도 덩굴로 온통 뒤덮여 있다는 것이다(대 플리니우스, 『자연사(*Natural History*)』, 14.3.12). 79년 대폭발 이후에 나온 베수비오 화산에 대한 당대의 시적 반응 역시 화산이 재앙만 가져오는 게 아니라, 생명의 터전 또한 마련해 준다는 점을 놓치지 않고 얘기한다. 가장 유명한 예를 들자면, 『에피그램집』 4권 44번에서 마르티알리스(Martialis; 영어로는 Martial)는 삶의 기쁨이 술처럼 흐르던 과거의 베수비오와 죽음의 침울한 그림자에 갇힌 현재의 베수비오를 대비한다. (*Martial: Epigrams*, edited and translated by D. R. Shackleton Bailey, Loeb Classical Library, Harvard UP, 1993)

이곳은 베수비오. 어제만 해도 포도 덩굴 그림자로 파랬다.
여기서 극상품 포도는 술통이 넘치도록 눌러 으깨졌다.
이 기슭은 바쿠스에게는 니사의 언덕보다도 소중했고,
이 산에서 얼마 전까지 사티로스들이 모여 춤 잔치를 벌였다.
이곳은 비너스의 집, 여신에게는 라케다이몬보다도 좋았고,
이 자리는 헤라클레스라는 이름으로 유명해졌다.
이제 모두 다 화염과 침울한 잿더미 속에 잠겨 있다.
신들도 이 일이 자신들의 권능 밖의 일이었더라면 하리라.

베수비오 화산 그림과 이르피냐 지진에 관한 시를 한 쌍으로 묶음으로써, 맥켄드릭이 수행하는 두번째 작업은 다음과 같다. 맥켄드릭은 베수비오 화산과 함께 그에 대한 문학적 기억과 관찰을 기억하고, 베수비오 화산을 규정하는 수호신들—위에 인용한 마르티알리스의 시에도 등장하는 바쿠스, 비너스, 헤라클레스—을 동반 그림 속에서 기억한 다음, 동반 시에서는 이들 베수비오 화산 수호신들이 주요 이미지로 작동하는 또 다른 문학적 세계, 즉 셰익스피어의 『안토니와 클레오파트라』를 기억한다. 맥켄드릭의 기억은 특히 4막 3장에 나오는 한 대목을 향한다. 이 대목은 셰익스피어가 그리는 안토니의 극적 여정에서 결정적인 전환점을 이룬다. 이 장면에서 셰익스피어는 이미 패색이 짙은 안토니 편 군대의 진지를 보여준다. 병사들이 다음 날 아침에 있을 해상 결전에 대해 불안해하면서 파수를 보는 중이다. 그때 어디선가 홀연히 피리 소리가 들려온다. 그 소리가 하늘에서 나는지 땅 밑에서 나는지 알 수 없어 어리둥절 서로 얼굴만 쳐다보는 동료들에게 병사 한 명이 이렇게 말한다. "이건 헤라클레스 신일세. 안토니가 사랑했던 신이/이제 그에게서 떠나가는 거야."(13~14행) 멀어져가는 피리 소리를 안토니가 사랑했던 헤라클레스가 그를 버리고 떠나는 소리, 즉 안토니의 최종적인 선택—로마보다는 알렉산드리아, 옥타비아보다는 클레오파트라, 헤라클레스(남성적 영웅성)보다는 비너스(여성적 감성)—과 그에 따른 패배와 죽음을 예고하는 소리라고 해석하는 것이다. 맥켄드릭은 이 대목을 가져와서 "헤라클레스"를 지우고 그 자리에 "비너스"라고 써넣는다. 이 변형은 셰익스피어가 극화하는 안토니의 최종적인 선택과 궤를 같이한다. 단지 맥켄드릭은 셰익스피어의 장면이 보여주는 '헤라클레스와 비너스의 대립'을 '남성적 영웅성과 여성적 감성의 다중적인 대립'이라고 풀이하지 않고, 생명력으로서의 젊음과 쇠퇴로서의 노년이라는 대조적인 쌍으로 바꿔 풀이하고 있다. 그러나 맥켄드릭의 변형된 선택지에서 젊음과 노년은 단절적인 시간이 아니라 연속적인 시간이다. 죽음이 턱밑까지 쳐들어온 노년과 역병의 현실 속에서 자신의 젊은 "그 시절"을 기억하는 것은 지금은 사라지고 없는 그 시절에 대한 애가(哀歌)가 아니라, 재난 속에서 생명선을 얻는 방법을 새롭게 기억하는 행위이고, 재난을 넘어 생명의 소리에 귀 기울이는 행위이기 때문이다. (*The Tragedy of Anthony and Cleopatra*, edited by Micheal Neill, Oxford Shakespeare, Oxford UP, 1994)

참고로 맥켄드릭은 자신의 비평 에세이에서 셰익스피어의 이 대목에 대해 논의한 바 있다. (Jamie McKendrick, "A Music of Hautboys: Plutarch, Shakespeare, Cavafy, Eliot." *The Foreign Connection: Writings on Poetry, Art and Translation*, Transcript. 17, Legenda, 2020, pp. 92~102)

고가다리(Viaduct)

맥켄드릭이 오마주를 바치는 1928년 작 「프랑스 뫼동」에서 앙드레 케르테스(André Kertész, 1894~1985)는 보통 사람들이라면 그냥 지나칠 법한 거리 풍경을 사진에 담는다. 그 풍경에서 케르테스가 포착한 것은 1920~30년대 유럽의 특징적인 분위기, 재난의 상처와 재생 프로젝트가 한데 공존하고 거기서 또 다른 재난이 배태되며 소용돌이 치던 혼돈 시대의 역사적 징후들이었다. 돌이켜보면, 양차 세계대전 사이에 긴 1920~30년대는 현대 유럽의 행로를 결정한 시대였다. 1차 대전이 마무리되는 시점인 1918~19년에 스페인 독감 팬데믹이 세계를 휩쓸었고, 1917~23년에 일어난 러시아 혁명과 내전은 1922년 소비에트 사회주의 공화국 연방의 결성으로 이어졌으며, 그렇게 탄생한 소비에트 연방은 1928~53년 스탈린 시대를 거치면서 세계 대국으로 성장했다. 한편 1929년에 시작된 미국발 대공황은 이후의 세계를 불확실성의 어둠으로 몰아갔고, 바로 그 어둠 속에서 1933년 독일의 히틀러 정권이 탄생했으며, 1939년 세계는 다시 한번 세계대전이라는 참화에 시달리게 되었으니까 말이다.

맥켄드릭이 이 '그림＋글' 시에서 모사한 케르테스의 사진은 고가 다리 위를 달리는 기차와 다리 아래 파괴된 도시의 잔해가 쓰레기처럼 아무렇게나 나뒹구는 풍경을 보여주고, 이를 배경으로 까만 양복에 중절모를 쓴 중년의 남자가 신문지로 싼 무슨 물건을 안아 들고 카메라 쪽으로 다가오는 모습을 보여준다. 이 사진의 특별한 흡인력은 하나의 프레임 속에 포착된 달리는 기차와 파괴된 도시, 커다란 포트폴리오를 들고 시내 어디인가에서 누구인가를 만나기 위해 열심히 걸어가는 남자의 모습이 각기 다른 방향성과 시간성을 보여주는 데 있다. 마치 지층의 단면도를 보는 것 같다는 얘기다. 맥켄드릭이 이 '그림＋글' 시를 통하여 개입하는 지점은 바로 여기다. 시인은 남자가 운반하는 그 수수께끼 같은 물건이 폴리(folly) 건축 조형물 디자인의 포트폴리오라고 풀이한다. "폴리"는 비실용적이고 비본질적인 장식용 건물, 과거의 유명한 건물을 모방한 모조 건물, 또는 엉뚱한 눈요깃감에 지나지 않거나 어리석은 장난감 같은 건축 조형물이라는 뜻이다. 폴리 건축물이 1980년대 파리의 도시재생 프로젝트의 중요한 일부였다는 사실은 또한 이 시의 맥락에서 볼 때 의미심장한 점이다. 남자의 포트폴리오를 엉뚱한 예술과 도시재생 프로젝트의 결합으로 풀이함으로써 맥켄드릭은 재난의 시대에 예술을 한다는 것이 어떤 의미를 갖는지, 예술이 재미와 장난 거리에 그치는 것인지, 예술이 재미와 장난을 의미한다고 해서 비본질적인 것이라고 할 수 있는지, 아니면 예술이야말로 파괴된 문명을 다시 세우려는 재생 프로젝트의 주인공인 것은 아닌지 묻는다. 다시 말해, 맥켄드릭은 이 시를 통해 예술이 무엇인지, 자신이 하는 예술이 과연 '진짜' 예술인지, 무엇 때문에 자신이 예술을 성배처럼 소중이 껴안아 날라야 하는지 자문하고 있는 것이다. 그렇다면 이 시의 마지막 연과 마지막 행은 그에 대한 대답이 될 것이다. "당신이 그것들을 이해하기만 한다면 그것들이／살아나와 지상에 그림자 하나 던질 수 있으리라.／제 폐허를 딛고 솟아오르는 흩어진 도시가." 이 시만 놓고 본다면, 케르테스가 사진 예술이란 실체를 그림자로 만드는 작업이 아니라 그림자에 실체를 부여하는 작업이라고 생각했던 것처럼, 맥켄드릭도 자신의 예술이 그런 작업이라고 생각하는 것 같다. 바꿔 말하면, 케르테스의 작업을 이해하는 것, 그리하여 그 작업에 참여하는 것—그게 맥켄드릭이 케르테스에게 바치는 오마주의 핵심인 것이다

(이 시에 대한 좀 더 자세한 논의는 '역자 해설'을 참조할 것).

앙드레 케르테스

헝가리 부다페스트 출신의 미국 사진작가. 1912년 헝가리에서 사진 작업을 시작하여 1925년 프랑스 파리로 이주, 그곳에서 프리랜서 사진작가로 활약하며 『뷔(Vu)』를 비롯한 유럽의 여러 신문과 잡지에 사진을 실었다. 1936년 뉴욕으로 이주, 그곳에서 사진 작업을 계속했다. 파리 시절 케르테스는 당시 파리에서 활약하던 헝가리 출신 예술가들과 교유하면서 다다 운동(Dadaism)과 같은 전위적 예술 운동에 관심을 두었고 스스로도 사진 예술의 전위로서 활약했다. 그러나 그의 전위성은 그가 어떤 문화 운동에 관여했느냐 여부에 있지 않고, 카메라로 인간의 몸과 일상적인 풍경이 의도치 않고 드러내 보이는 사물의 총체성 또는 "확장성"〔롤랑 바르트(Roland Barthes)의 말을 빌리자면〕을 포착하는 작업에 집중했다는 데 있다. (『카메라 루시다(Camera Lucida: Reflections on Photography)』, translated by Richard Howard, Hill and Wang, 1981, passim) 이런 작업을 통하여 탄생한 작품 중 하나가 유럽 모더니즘의 아이콘이라고 불리는 「몬드리안의 안경과 파이프(Mondrian's Glasses and Pipe)」(1926)이다. 덧붙이자면, 케르테스 사진은 우리나라에서도 두 차례 전시되었는데, 1995년 2월 15일~3월 19일에는 국립현대미술관에서, 2017년 6월 9일~9월 3일에는 서울의 성곡미술관에서 그의 사진전이 열렸다.

즐거운 네로는 그래도 바이올린으로 바흐를 연주한다

64년 6월 19일 새벽에 일어난 대화재로 로마가 잿더미로 변했을 때, 네로 황제(Nero Claudius Caesar Drusus Germanicus)는 바로 그 자리에 새로운 로마와 새로운 궁전—황금 궁전(Domus Aurea)—건설을 기획하고 진행했지만, 시민들의 인심은 잃었다. 그 탓인지 네로 자신이 로마에 불을 지르고서 화염에 휩싸인 도시를 내려다보며 자작시를 낭송했다는 소문이 돌았다. 그런 나쁜 소문에 대한 대응책으로 네로는 기독교인들을 방화범으로 몰아 처형했다. 이때 네로가 자행한 기독교 탄압으로 인해 그는 "폭군 네로"라는 이미지를 얻게 되었다. 이 시에서 맥켄드릭은 그런 대중적인 이미지를 전적으로 거부하지 않으면서도 네로에게 붙여진 또 다른 이미지, 즉 그의 예술가 기질과 도시 재건 기획가로서의 이미지를 동시에 전경화한다. 그렇게 함으로써 맥켄드릭은 케르테스의 사진 예술과 자신의 시 예술도 네로의 중첩적 이미지가 발생시키는 자장의 안쪽에 위치시키는 한편, 네로의 예술가적 기질 또한 케르테스와 자신의 예술에 비추어 다시 살펴볼 수 있는 맥락을 마련한다. 사실 이 시에서 네로와 케르테스, "당신," "나," 시인의 경계는 모호하다. 맥켄드릭은 네로의 바이올린과 케르테스가 뫼동에서 사진기로 포착한 남자의 포트폴리오를 겹쳐놓고, "비단 미망인 상복"을 무대의상처럼 차려입고 카페 구석에 앉아 "나"를 기다리는 창백한 "당신"과 연극배우로 분장한 역사적인 네로의 모습, 그리고 "통렬한 개정판" 뮤즈를 겹쳐놓을 뿐 아니라, 포트폴리오에 들어간 폴리 건축물 디자인과 네로가 잿더미에서 다시 세운 새로운 로마와 새로운 궁전을 겹쳐놓는다. 그렇게 하여 맥켄드릭은 네로와 케르테스 사진 속의 남자, 그 사진을 찍은 케르테스, 그리고 그에 오마주를 바치는 자신, 이들 네 명이 모두 다 그림자를 실체로 재생시키겠다는 "허황된" 생각을 하는 예술가/창조자일지도 모른다고 얘기하는 것이다.

미로(Labyrinth)

이 시는 바로 앞 시 「고가다리」의 이어쓰기다. 또는 「고가다리」에서 "당신"을 만나기 위해 카페로 향하는 남자와 그가 안아 든 "폴리 건축물 포트폴리오"에 대한 맥켄드릭 자신의 주해라고 할 수도 있다. 그 남자가 카페로 가는 길을 시인이 따라가며 촬영했다고나 할까. 또는 시인이 그 남자가 되어 길을 가는 거라고나 할까. 가도 가도 길은 미로로 이어진다. 출구에 도달하려면 마당을 가로질러야 하는데 황소가 기다린다던 그곳에 황소는 없고 대신 곰이 기다리고 있다. 아마도 이 미로는 남자 자신이 포트폴리오에 철해놓은 폴리 디자인 중 하나일지도 모른다. 미로 정원은 폴리 조형물 디자인에 종종 등장하는 재미 요소 중의 하나이기 때문이다. 미로에서 빠져나오기 위해서는 미로의 가장 깊은 곳, 그 중심에 먼저 도달해야 한다는 폴리 미로의 구성 논리만 보더라도, 미로는 재난 시대의 심리적 미로의 이미지로도 또는 재난의 시대에 갇혔기 때문에 한층 더 날카롭게 벼려진 시인의 예술적 자의식의 미로의 이미지로도 읽을 수 있을 것이다. 그렇다면 이 시에서 가장 눈여겨볼 만한 대목은 마지막 연이 아닐까? 분노한 곰을 쓰다듬고 달래며 미로의 중심에 머무는 일, 그곳에서 해방되기를 거부하는 일, 즉 미로 같은 삶 속에 갇힌 다른 사람들—곰 같고 장애물 같은 사람들—과 함께 그곳에 머무는 일이 결국 자신의 몫이라고 자인하는 바로 그 대목 말이다.

그들은 나에게 황소가 마당에서 기다린다고 경고한다 (……) 이런 장애물들에게서 나를 해방해주기로 약속했던 그 사람을 만나기에는

미로라는 이미지는 자연스럽게 신화적 장소로서 미로를 기억하게 만든다. "미로"와 "황소"라는 말을 통해 기억된 이야기에서 미로는 다이달로스(Daedalus)가 크레타(Crete) 왕 미노스(Minos)를 위해 만든 것으로 미노스의 아내 파시파에(Pasiphaë)가 포세이돈의 황소와 교접하여 낳은 괴물 미노타우로스(Minotauros ; 미노스의 황소)를 가둬놓은 곳이다. 아테네의 영웅 테세우스(Theseus)와 미노스 왕의 딸 아리아드네(Ariadne)의 이야기가 시작되는 바로 그 미로다. 테세우스는 아리아드네가 준 양털 실타래를 끌고 미로에 들어가 그 중심에 있는 황소를 죽인 다음, 실을 다시 감아가며 미로를 무사히 빠져나와 아리아드네와 함께 크레타섬을 탈출한다. 그러나 테세우스는 자신이 약속한 대로 아리아드네를 아테네로 데려가는 대신 낙소스(Naxos)섬에 버리고 달아난다. 맥켄드릭이 다시 쓰는 이 현대판 미로 이야기에서 "나"는 또 다른 "테세우스"다. 그러나 맥켄드릭의 테세우스는 영웅이 아니라 보통 사람이고, 그가 들어간 미로도 영웅적 추구의 미로가 아니라 어수선하고 진부한 일상적이고 가정적인 삶의 미로다. 그가 미로의 중심에서 대면해야 하는 짐승도 미노타우로스 같은 신화적 괴물이 아니라 그냥 낯익은 곰이다. 그는 그걸 죽이지도 않을뿐더러 그걸 거기 버려두고 혼자 대문을 찾으려고 나서지도 않으며, 미로 밖에서 자기를 기다리고 있을 아리아드네와의 만남도 고향으로의 귀환도 포기한다. 맥켄드릭의 테세우스는 곰의 짐승다운 분노와 슬픔을 어르고 달래며 그와 함께 미로에서 머물 것을 선택한다. 분노와 슬픔, 연민과 눈물이 겹겹이 자리한 삶의 미로에서 말이다. 미로에 남기로 선택하는 것, 재난 속의 삶을 함께 나누는 것, 그것만이 미로가 미로임을 잊게 하는 방법이라는 듯이 말이다.

무당벌레의 내습(An Infestation of Ladybirds)

「아무것도 하지 않으며」에서 잡초의 씨앗이라는 이미지를 빌려 표현되었던 황무지의 생명력이 여기서는 지극히 일상적인 공간, 욕실 창문에서 봄을 기다리며 잠자는 무당벌레 무리를 통해 표현된다. 동면에 들어간 무당벌레들을 깨우지 않기 위해 몇 주 동안은 창문을 열 수 없을 거라는 말을 통해 맥켄드릭은 코비드19 팬데믹이 영국인들에게 부과한 강제 은둔의 상황과 그 문화적 의미를 다시 한번 살펴본다. 팬데믹 시대의 강제 은둔을 다시 깨어나기 위한 동면 같은 것으로 받아들이겠다는 얘기일 것이다. 이 무당벌레의 내습, 또는 무당벌레들의 잠에 대한 이야기에 담긴 재치와 아이러니는 인간을 벌레에 비견하는 데에서뿐 아니라 벌레들의 잠을 지구의 중력이 미치지 않는 곳, 심연우주 비행을 위한 준비로 풀이하는 데에서도 발견될 수 있을 것이다. 그것이 봄에 다시 깨어나기 위해 잠을 자야 하는 벌레와 마찬가지로 인간 역시 다시 새롭게 태어나기 위해서는 바깥 세계의 압력에서 벗어나 홀로 은둔하는 시간이 필요하다는 얘기라면 말이다. 자는 것이 죽는 것이고 죽어야 다시 살 수 있을 테니까. 또는 오스카 와일드의 거인이 발견한 것처럼, "봄은 잠들었고, 꽃들은 쉬고 있는 중"이니까. ("The Selfish Giant," *Oscar Wilde: Complete Shorter Fiction*, Oxford UP, p. 113)

출석부(The Register)

맥켄드릭에게 "그 시절"이 어떤 의미를 갖고, 거기서 유년 시절이 어떤 자리를 차지하는지 잘 보여주는 시다. 또는 맥켄드릭의 시적 계보가 영국 낭만주의 시 전통과도 연결된다는 점을 잘 보여주는 시이기도 하다. 맥켄드릭은 인간의 성장 과정이란 천상의 기쁨과 빛으로부터 멀어져 끝내 세상이라 불리는 이 "음울한 감옥"에 갇히게 되는 타락과 쇠퇴의 과정이지만, 천상의 빛 안에 거했던 어린 시절의 기억은 이후 성장과 쇠퇴의 과정을 비추는 빛의 원천이라는 윌리엄 워즈워스(William Wordsworth)의 생각에 근본적으로 동조하고 있다. 이 시에서 맥켄드릭은 그 천상의 빛을 자신의 기억에 새겨진 오십오 년 전 "그 시절"의 학교 친구들의 얼굴에서 발견한다. 그들의 이름을 출석 부르듯이 한 명 한 명 부르면서 나이 든 시인은 그들과 함께 나눴던 사랑과 즐거움의 기억을 현재로 불러들인다. 이 시집의 마지막 시 「L'AMOR CHE MOVE IL SOLE E L'ALTRE STELLE(해와 또 다른 별들을 움직이는 그 사랑으로)」에서처럼 이 시에서도 어린 시절은 "천국-안식처"이다(이 시에 대한 더 자세한 논의는 '역자 해설'을 참조할 것).

우리들 모두 기쁨으로 시작했다. 우리가 갇혀 있던 그 음울한 감옥에도 불구하고

이 시의 마지막 연의 마지막 말이기 때문에 당연한 일이겠지만, 이 시 전체의 의미와 감정을 요약하는 구절이다. 여기서 맥켄드릭은 워즈워스의 시 「결의와 자립(Resolution and Independence)」 47~49행, "우리 시인들은 젊은 시절 기쁨으로 시작한다. / 그러나 거기 끝내 낙담과 광증이 찾아온다"와 워즈워스의 또 다른 시 「송시: 어린 시절의 기억에서 나온 영원성의 암시(Ode: Intimations of Immortality from Recollection of Early Childhood)」 66~68행, "우리의 유아 시절에는 천당이 우리 곁에 있다./감옥의 그림자가 조여 오기 시작한다/자라나는 소년에게"라는 구절을 겹쳐놓는 동시에 바꿔 쓰고 있다. 워즈워스의 시에서는 여러 다른 시인들의 이름이 호명되는데, 여기서는 맥켄드릭의 어릴 적 친구들의 이름이 호명된다. 쇠퇴와 타락의 과정으로서 삶이라는 것이 시인들만의 운명이 아니라 모든 사람들의 운명이라는 뜻일 것이다. 다만 이 시에서 맥켄드릭은 "음울한 감옥"이 인간의 쇠퇴와 더불어 서서히 나타나는 게 아니라 언제나 거기 함께 존재한다고 말하는 것 같다. 그에게 어린 시절이 "천국-안식처"인 이유는 인간을 가두는 "음울한 감옥"이 어린 시절에는 존재하지 않기 때문이 아니라, 그 존재를 지울 수 있는 힘이 어린 시절의 기쁨과 생명력에 있다고 생각하기 때문이다. (*William Wordsworth*, edited by Stephen Gill, 21st-Century Oxford Authors, Oxford UP, 2010, pp. 230, 281)

그가 내가 되리(He Be Me)

앞의 시의 속편. 맥켄드릭은 이 '그림＋글' 시에서 과거라는 거울을 통해 자신과 같으면서도 다른 거울 이미지(mirror-image)인 "그 시절"(청년 시절)의 자신과 만난다. 이 시에서 조명되고 있는 생각은 과거와 현재의 우울한 차이점과 경계가 아니라, 동일성과 공존이다. 그것은 현재의 "음울한 감옥"에 갇힌 눈에는 익숙하지 않은 과거의 면모이다. 그러나 현재의 거울을 통해서만 만날 수 있는 과거의 얼굴이기도 하다. "그"와 "나" 또는 과거와 현재가 쌍둥이라는 생각의 맥락에서 보면, 이 시를 시집 전체의 상징물로 읽을 수도 있을 것 같다. 자기 안의 균열된 시간성을 살펴보는 여정, 자아의 표면과 그 아래를 가늠하는 여정이 기억의 여정이라면 말이다.

트윈 픽스(Twin Peaks)

앞의 시로부터 거울 이미지/쌍둥이 모티프를 가져왔다. 이 시집의 구성 논리, 혹은 기억 여정의 논리가 연상이라는 것을 잘 보여주는 사례 중 하나이다. 어떤 이미지 또는 단어가 어떤 기억을 불러일으키고, 그 기억이 또 다른 기억을 불러일으켜서, 시인을 기억 여정의 다음 정거장으로 데려간다. 이 시는 현재라는 시점에서 과거를 하나의 장면처럼 볼 수 있다면, 희망과 절망은 쌍둥이여서 언제나 같이 나타난다고 얘기한다. 트윈 픽스는 데이비드 린치(David Lynch)가 마크 프로스트(Mark Frost)와 함께 1990~91년에 만든 텔레비전 드라마 시리즈와 린치가 감독한 영화 「트윈 픽스(Twin Peaks: Fire Walks with Me)」(1992)의 배경 도시인 미국 워싱턴주에 소재한 허구상의 소도시 이름이다. 홈커밍 퀸 로라 파머(Laura Palmer)의 살인범을 찾는 이야기인 이 시리즈의 배경 도시 트윈 픽스의 특징은 아마도 이렇게 요약될 수 있을 것이다. 트윈 픽스 같은 곳에서는 어느 누구도 무고하지 않다. 누구나 두 얼굴을 가지고 이중적인 삶을 산다. 이곳에서는 선과 악, 현실과 초현실, 의식적 일상과 꿈의 무의식, 삶과 죽음 사이의 경계가 수시로 바뀌고 허물어진다. 단순 이분법의 경계를 어지럽히는 무슨 일인가가 일어나기 때문이다. 어느 날 갑자기 바닷가에 나타난 로라 파머의 시체는 산 자와 죽은 자 사이의 경계를 침범하고 산 자들의 의식과 무의식을 지배한다. 이성에 의해 분리되고 억제되었던 것들이 소란을 일으키고, 결국 의식과 무의식이 분리 불가능한 "쌍둥이"라는 걸 보여준다.

맥켄드릭은 이 시에서 자신의 세상을 트윈 픽스라고 부른다. 그러나 맥켄드릭의 트윈 픽스는 린치의 트윈 픽스보다는 엘리자베스 비숍(Elizabeth Bishop)의 로빈슨 크루소(Robinson Crusoe)의 섬—크루소의 무인도? 혹은 영국이라 불리는 섬? 혹은 영국과 무인도가 쌍둥이라는 것을 보여주는 상상의 섬?—과 좀 더 닮았다. 이 시의 제목이 가리키는바 린치의 트윈 픽스는 시가 시작되자마자 비숍의 로빈슨 크루소의 섬에 병합되고 있기 때문이다. 마치 린치가 만든 「트윈 픽스」의 어두운 화면이 비숍의 시에 의해 살짝 수정된 것 같은 형상이다. 맥켄드릭이 비숍의 「영국에 돌아온 크루소(Crusoe in England)」에서 따온 명문의 앞뒤 맥락은 다음과 같다.

> 내가 몽 데스푸아 또는 마운트 디스페어라고 이름 붙인
> 화산에 숫염소 한 마리가 서 있다.
> (나는 이름을 가지고 장난할 만한 시간이 있었다.) (118~120)

크루소의 화산은 두 개의 이름을 가진 하나의 봉우리이지만, 맥켄드릭의 시에서는 두 개의 "쌍둥이 봉우리"이다. 크루소에게는 때에 따라 몽 데스푸아이기도 하고 마운트 디스페어로 보였던 주관적인 세계가 맥켄드릭의 시에서는 언제나 이중적으로 존재하는 세계—희망과 절망, 양지와 음지, 흑과 백이 교차하는 세계—로서 객체화되어 있다. 그렇지만 맥켄드릭의 희망봉과 절망봉은 서로의 도플갱어(Doppelgänger)로 그치지 않고 샴쌍둥이(Siamese twins)처럼 언제나 같이 나타나고 "둘의 정수리도 발톱도 날개도 하나로 녹아들었다." 린치의 트윈 픽스와도 같지만, 맥켄드릭은 린치의 트윈 픽스를 린치의 눈이 아니라 비숍의 크루소의 눈으로 다시 바라본다. 맥켄드릭에게 중요한 것은 세계의 이중성이나 불확실성이라는 생각 그 자체가 아니라 그런 세상을 대면하는 방식이기 때문이다. 그게 비숍의 유머

가 이 시를 지배하는 이유다. 비숍식 유머는 양지와 음지, 희망과 절
망의 경계를 허무는 가장 효과적인 방법일 뿐 아니라, 절망의 그림
자에 대항하는 유일한 무기일지도 모른다. 그런 맥락에서 보면 의미
심장하게도, 맥켄드릭은 비숍의 또 다른 시 「만(灣), 내 생일에(The
Bight：On My Birthday)」의 마지막 행을 변형하여 인용하면서 이 시
를 마무리한다. 맥켄드릭이 이 시 마지막 행, "양쪽이, 상쾌하고 절
망적인, 똑같은 전망을 펼쳐 보인다"에서 인유하는 비숍의 「만(灣)」
의 마지막 4행은 다음과 같다.

> 만은 해묵은 편지가 널린 쓰레기장이다.
> 쩔거덕, 쩔거덕. 준설기가 들어간다,
> 한 아가리 가득 줄줄 흐르는 진흙을 퍼 올리고
> 모든 지저분한 활동이 계속된다,
> 역하지만 상쾌하다. (32~36)

물론 "역하지만"과 "상쾌하다"는 반어적으로 읽을 수 있고, 바로
그 두 말 사이의 경계가 깔끔하지 않고 언제나 "지저분"하다는 데에
서 비숍과 맥켄드릭의 유머가 생겨난다. 배설 활동은 언제나 역하
지만 상쾌한 것 아닌가? 역함과 상쾌함이 하나로 흘러들 때, 역함과
상쾌함이라는 구별이 아예 가능하지도 필요하지도 않을 때, 그때 무
엇이 생겨날지는 두고 볼 일이다. 유머는 의식의 확장을 가져오는
동시에 확연한 정체성으로 고정되고 질서 잡힌 듯이 보이는 세계를
혼돈과 불확실성의 상태로 되돌려놓기도 하기 때문이다. (Elizabeth
Bishop, *Poems*, edited by Saskia Hamilton, Farrar, Straus and Giroux,
2011, p. 59)

트윈 픽스

Twin Peaks. 이 번역에서는 제목만 고유명사로 음역했고, 나머지는 "쌍둥이 봉우리"로 번역했다.

몽 데스푸아와 마운트 디스페어 (……) 솔(sol)과 솜브라(sombra)

원문은 Mont d'espoir(희망봉)와 Mount Despair(절망봉) (……) sol y sombra(양지와 음지). 서로 글자도 비슷하게 보이고 발음도 비슷하게 들리는 쌍둥이 단어 두 쌍. 비숍은 화산 하나를 이 두 개의 이름으로 불렀지만, 맥켄드릭은 쌍둥이 봉우리를 각각 희망봉과 절망봉이라고 부르고 있다. 그 봉우리들이 비숍의 시에서처럼 화산인지 여부는 시에서나 동반 그림 그 어느 쪽에서도 분명치 않다. (Bishop, "Crusoe in England," pp. 182~186)

어떤 때 구름은 용처럼 말하고

이곳에서는 희망과 절망, 양지와 음지의 이분법이 유지될 수 없다. 이곳의 날씨 자체가 언제나 똑같은 상태로 남지 않는 것과 마찬가지 이치다. 마치 공기와 물로 이루어진 구름이 하나의 형태로 고정되지 않고 수시로 모습을 달리하여 용처럼 불을 내뿜기도 하고 사람처럼 소리를 지르기도 하는 것처럼 말이다.

맥켄드릭이 여기서 동원한 천변만화하는 날씨와 구름의 형태라는 이미지는 셰익스피어의 『안토니와 클레오파트라』 4막 15장을 시작하는 안토니의 대사에서 빌려온 것이다. 안토니의 자결 장면이라고 흔히 불리는 이 대목에서 셰익스피어는 옥타비우스와의 전쟁에서 패하고 시종 에라스와 함께 홀로 남겨진 안토니를 보여준다. 안토니는 자신의 심복 부하들만 옥타비우스와 합류한 게 아니라, 연인 클레오파트라조차 자신을 배신하고 적의 편이 되었다고 의심하는 중이다. "영웅 안토니"라는 안토니의 정체성이 송두리째 와해되는 순간이다. 안토니가 경험하는 정체성의 위기는 그의 질문―"에라스야, 내가 아직 보이느냐?"(4.15.1)―을 작동시키고 그에 이어지는 대사, 거의 독백 같은 대사를 지배한다.

때로 우리는 용 같은 구름을 보게 되지,
아지랑이가 때로는 곰이나 사자,
우뚝 솟은 성채, 튀어나온 바위,
두 갈래로 갈라진 산, 또는 푸른 갑(岬) 같아.
거기 솟은 나무가 세상을 향해 끄덕이며
우리 눈을 겉모습으로 속이지. 너도 이런 기호들을 봤을 거야.
캄캄한 저녁의 가장행렬이거든. (4.15.2~8)

방금 말(馬)이었던 것을, 생각 하나 하는 새에
몰려온 구름이 지워버리고 안 보이게 만들지,
마치 물에 물이 있는 것처럼. (4.15.9~11)

애야, 에라스야, 지금 너의 장군이
그런 사람이란다. 여기 있는 나는 안토니지만,
눈에 보이는 이 형상을 지킬 수 없어, 애야. (4.15.12~14)

위에 인용한 대목에서 셰익스피어는 모든 것을 잃은 자가 된 안토니가 자신이 잃은 것은 무엇이며, "자기"는 누구이고, "자기"는 어디로 가는 것인지 자문자답하는 모습을 보여준다. 모든 것은 변한다. 단단한 것처럼 보이던 것들이 구름처럼 흩어지고 물처럼 녹아내린다. "안토니"라는 존재도 하나의 확고 불변한 정체성을 소유하지 못하고, "눈에 보이는 이 형상"도 유지하지 못한다. 안토니는 이런 자문자답을 통해 자살을 결심하게 된다. 천변만화의 소용돌이에서 빠져나올 수 있는 방법은 자신의 손으로 변화의 연속선을 끊는 것이니까. 그만큼의 "안토니"가 아직 남아 있을 때 말이다.

> 그래도 울지 말아라, 착한 에라스야. 우리에게는
> 우리 자신을 종결시킬 우리 자신이 남아 있으니까.
>
> (4.15.21~22)

셰익스피어의 안토니를 기억함으로써 맥켄드릭은 수시로 변하고 허물어지는 희망과 절망의 경계뿐 아니라, 정체성의 과거와 현재, 삶과 죽음 사이의 경계도 허물고 있다. 안토니가 "안토니"라는 증거로서 유일하게 남아 있는 자살 의지는 이 시의 다음 시이자 이 시집의 마지막 시인 「L'AMOR CHE MOVE IL SOLE E L'ALTRE STELLE(해와 또 다른 별들을 움직이는 그 사랑으로)」의 묘지와 자살자들의 숲과 연결된다. 참고로 덧붙이면, 맥켄드릭은 셰익스피어의 이 작품을 앞의 시 「여진(餘震)」에서도 인용하고 있다.

양쪽이, 상쾌하고 절망적인, 똑같은 전망

위에서 인용, 논의한 대로 엘리자베스 비숍의 시, 「만(灣), 내 생일에」, 36행, "역하지만 상쾌하다"의 메아리.

L'AMOR CHE MOVE IL SOLE E L'ALTRE STELLE
(해와 또 다른 별들을 움직이는 그 사랑으로)

이 말은 시인 단테의 『신곡』 중 「천국」편을 끝맺는 말(33곡 145행)이자 단테의 사후세계 순례의 여정을 끝맺는 말이다.

맥켄드릭이 십 년 만에 다시 찾은 친구의 무덤―그의 기억 여정의 종점이다. 기억이라는 것이 현재 속의 과거 또는 과거 속의 현재, 존재 속의 부재 또는 부재 속의 존재를 향한 작용이라면, 그런 기억을 따라 떠난 기억 여정에서 태어난 시는 애가의 성격(the elegiac)을 띨 수밖에 없다. 맥켄드릭이 이 시집에서 따라가는 기억 여정의 애가적 성격은 이 마지막 시의 중심 이미지인 친구의 무덤을 통해 분명해진다. 맥켄드릭의 기억 여정은 자신의 얼굴 그림자도 보이지 않는 텅 빈 물이라는 이미지로부터 시작해서 영원한 침묵에 휩싸인 친구의 무덤이라는 이미지로 끝난다. 이 시작과 끝 사이에 열세 개의 기억 정거장이 있고 각각의 기억 정거장은 과거의 그 시절에 대한 애가적 시선을 담고 있다. 달리 말해, 이 시집에 수록된 열다섯 편의 '그림+글' 시는 하나의 기억 여정에 놓인 열다섯 개의 정거장인데, 애가의 시선으로 서로 연결되어 한 편의 애가 연작을 이루어낸다.

이 시에서 맥켄드릭은 토머스 그레이(Thomas Gray)의 「시골 교회 묘지에서 쓴 애가(Elegy Written in a Country Churchyard)」로부터 시작된 영국의 "묘지시(Graveyard Poetry)" 전통을 차용함으로써 이 시집이 지닌 애가적 면모를 명백하게 드러내는 동시에 완성한다. 이 시의 중심에 자리 잡은 친구의 무덤과 묘지는 묘지시 전통의 특징적인 장치이고, 이들을 통해 작동되는 감정 회로, 즉 친구의 무덤이 자신의 무덤이 되고 인간 필멸성의 표상이 되어 작용하는 감정 회로는 묘지시의 특징적인 면모이다. 그러나 맥켄드릭의 묘지시는 묘지시에서 흔히 사용되는 수사를 축약, 변형하거나 때로는 그 수사적 효과를 무산시킨다. 망자의 삶에 대한 옹호와 찬양은 친구와 자신의 우정이 유년 시절을 넘어 유지되지 못한 것에 대한 자책으로 축약, 변형되고, 망자에 대한 애도의 눈물은 무덤 속의 친구와 무덤가에 선 자신을 동일시하는 말로 바뀌며, 망자가 신의 품 안에서 영면할 것을 희망하는 기원의 말은 오랫동안 돌보지 않아 관목 덤불과 잡초로 뒤덮인 무덤과 침묵에 잠긴 묘지, 그리고 이제는 보이지 않게 된 묘비명이 대신한다. 전통적 묘지시에서 시인이 망자의 삶을 기리고, 망자의 영면을 기원하며, 망자를 시와 묘비명을 통해 추념하면서 죽음과의 화해에 도달한다면, 맥켄드릭의 묘지시에서 시인은 죽음의 절대성을 재확인하고 재학습함으로써 죽음과 대면한다. 전통적인 묘지시에서 이루어지는 기억의 약속과 의식이 죽음과 화해하기 위한 몸짓이라면, 맥켄드릭의 이 묘지시에서 기억은 약속이 아니라 죽음의 절대성을 확인하는 과정이고, 친구의 삶이 남긴 유일한 흔적을 갈무리하는 과정이다. 오직 친구에 대한 자신의 기억과 애도를 통해서만 친구가 한때 존재했음을 증명할 수 있고, 친구를 위한 추념비는 오직 사랑과 시 속에서 세워질 수 있다. 그러나 맥켄드릭은 자신이 친구에게 바치는 그런 추념비가 현재를 넘어서 영속할 거라고 대놓고 주장하지 않는다. 죽음과 시간은 그것조차 침묵시킬 수 있기 때문이다. 전통적인 묘지시의 시인이 죽음은 인간 세상 누구한테나 찾아온다는 사실에서 위안을 발견한다면, 맥켄드릭은 자신보다 앞서간 시인들의 말을 기억하고 되살림으로써 죽음의 절대적인 침묵으로부터 벗어나고 사랑의 영속성을 희망할 수 있게 된다. 맥켄드릭이 자신의 묘지시를 단테가 『신곡』에서 사용한 3행연(terza rima)

에 담고, 자신의 묘지시의 제목으로 단테의 『신곡』 마지막 편인 「천국」의 마지막 행을 가져오며, 자신의 묘지시이자 시집의 마지막 행을 단테의 그 말에 대한 기억과 반향으로 채우는 이유가 바로 거기에 있다.

전통적인 묘지시에서와 마찬가지로 맥켄드릭의 이 묘지시에서도 망자의 무덤은 자신의 무덤이 되고 인류 전체의 무덤이 된다. 이 시집 전체를 통해서도 맥켄드릭 자신의 개인적인 기억과 애도는 인간 모두가 공통적으로 마주하는 시간성과 불확실성의 문제—삶에 드리운 죽음과 상실과 절망의 그림자, 문명을 위협하는 어둠과 재난, 문명의 실패—에 대한 집단적 기억과 애도로 변환된다. 그렇지만, 맥켄드릭의 기억과 애도가 개별성의 상실이라는 대가를 치르면서 죽음에 대한 우주적인 명상으로 바뀌는 것은 아니다. 맥켄드릭의 기억 여정은 지극히 개인적이고 자전적이지만, 감상주의와 경건주의, 또는 나르시시즘에 흔들리지 않는다. 맥켄드릭의 애도의 말은 오히려 무뚝뚝하다 싶을 정도로 절제되어 있고, 과거의 자신을 되돌아보는 기억의 눈은 소박하며 건조하고 때로는 자조적이다. 이런 식의 '눈물 없는' 애가를 가능케 하는 여러 요소 중 가장 중요한 것은 다른 시인들로부터 가져온 말들이다. 맥켄드릭은 다른 시인들의 말을 되살려 자신의 기억과 감정을 담는 그릇으로 조형하는 동시에 자신의 감정을 여과하고 그것에 객관성을 부여하는 일종의 감정 여과 장치로 사용하기 때문이다. 자신의 생각과 감정을 다른 시인의 말을 빌려 표현함으로써 자신의 절망과 사랑, 희망에서 잉여적인 감상과 자애의 눈물을 제거할 뿐 아니라, 자신의 말을 집단의 말로 변환하고, 자신의 말에 객관성을 부여하는 것이다. 다른 시인들의 말을 인용, 변형, 반향하는 것은 자신만의 기억과 애도의 감정을 품은 채 자신만의 작은 방에 갇혀 있지 않고, 자신보다 앞서간 다른 시인들과 합류하여 그들과 함께 말하고 기억하고 애도할 수 있는 방법이기도 하다. 다시 말하면, 인용과 반향은 강제 은둔 시대에 각자의 방에 격리된 사람들이 인류의 집단적 기억과 애도의 의식에 참여하는 방법이라는 뜻이다. (이 시에 대한 좀 더 자세한 논의를 위해서는 '역자 해설', 특히 섹션 4를 참조할 것. 단테의 텍스트로는 이탈리아어 영어 대역본인 *The Divine Comedy of Dante Alighieri*, 3 volumes, edited and translated by Robert M. Durling, Oxford UP, 2011를 사용했다.)

나는 그 관목 가지 몇 개를 탁 부러뜨렸다. 상처 입고, 분개한 목소리가 갈기갈기 찢긴 사지에서 (……) 끓어오르기를 반쯤 기대하면서

여기서 맥켄드릭은 단테의 『신곡』 중 「지옥」편 13곡에 나오는 피 흘리는 나무를 소환한다. 단테는 지옥의 일곱번째 고리의 두번째 작은 고리에서 가시나무 덤불을 만나게 된다. 가시나무로 변한 자살자들의 영혼이 모여 있는 숲이다. 단테는 커다란 가시나무에서 작은 가지 하나를 잡아 뜯었는데, 찢긴 나무토막으로부터 말과 피가 터져 나왔다. "왜 너는 나를 찢느냐? (……) 왜 너는 나를 잡아 뜯느냐? 너는/조그만 동정심도 없단 말이냐?" 버질이 권유하는 대로 단테는 나무 인간에게 자신이 그에게 상처를 입혔으니 그 대가로 세상에 다시 돌아가게 되면 그의 사연을 세상 사람들에게 알리겠다고 설득했다. 단테의 말에 설득당한 나무 인간은 자기가 생전에 프레데릭 대왕(Emperor Frederick II)의 총신인 피에트로 델라 비냐(Pietro della Vigna)였으며, 주변의 질시와 모함으로 대역죄를 뒤집어쓰고 억울하게 투옥되어 자살에 이르게 되었다고 말했다. 순례자 단테는 여기서 버질의 시 『아이네이스(Aeneis)』 3권 13~65행에 나오는 "피 흘리는 나무"가 허구가 아니라는 것을 깨닫게 된다. 버질의 아이네아스는 트라키아에서 "피 흘리는 나무"를 만나게 되는데, 뽑아버린 나무의 뿌리로부터 피와 함께 사람의 목소리가 솟아나왔다. 트로이 왕자 폴리도로스의 영혼이라고 주장하는 그 목소리는 자신이 트라키아 왕에게 살해되었다고 알린다. 아이네이스가 만난 피 흘리는 나무처럼 단테가 여기서 만난 "피 흘리는 나무"도 자신의 억울한 사연을 알리고 싶어 하는 것이다.

맥켄드릭이 여기서 짚어내는 것은 단테의 세계에서는 인간이 죽음과 동시에 소멸되는 것이 아니라, 비록 지옥에서 고통은 당할망정 영혼으로 살아 있으며, 생전의 일을 기억하고 세상에 자신의 이야기를 제대로 알리고 싶어 한다는 점이다. 반면에 맥켄드릭이 마주한 친구의 무덤은 아무런 말도 하지 않는다. 그게 질책의 말이라 할지라도, 우정의 배반에 대한 분노의 말이라 할지라도, 자신은 반가이 들었을 텐데 말이다. (버질의 텍스트로는 *Virgil: Aeneid I-VI*, edited with Introduction and notes by R. Derick Williams, Bristol Classical P, 1972, 3.13~65; 김남우 옮김, 『아이네이스(AENEIS I-IV)』, 제 1부, 열린책들, 2013, 115~119쪽)

보보크! 보보크!

보보크(Бобок)는 도스토옙스키(Fyodor Dostoevsky)가 1873년 『시민』지에 연재한 『작가 일기』 중 「보보크, 어떤 사람의 일기에서」에 나오는 말이다. '보보크'는 러시아 말로 작은 콩알이라는 뜻인데, 이 소설의 맥락에서는 헛소리라는 뜻이기도 하고, 콩 굴러가는 소리나 뜻 없이 지껄이는 소리를 모방한 의성어이기도 하다. 이 "묘지 이야기"에서 '나'는 먼 친척의 장례식에 우연히 따라갔다가 진혼미사에 참여하는 대신 어떤 묘석에 누워 잠들게 된다. 잠든 상태에서 '나'는 묘석 아래 땅 밑에서 새어 나오는 죽은 자들의 얘기를 듣게 된다. 이 간접 체험을 통해 '나'는 사람의 육체성이 죽음과 동시에 소멸되는 게 아니라 보통 사후 이삼 개월 정도 의식 속에서 관성처럼 지속된다는 것, 묘지에 오기 전부터 계속 자신을 괴롭히던 "보보크, 보보크, 보보크!" 하는 소리가 죽은 자들이 육체성을 완전히 잃기 전에 마지막으로 내는 소리라는 것을 깨닫게 된다. 맥켄드릭이 단테의 피 흘리는 나무가 내뱉을 만한 목소리로 차용한 이 말은 친구가 묻힌 이 묘지를 지옥의 풍경(*locus horridus*)으로 만드는 데 기여한다. (Fyodor Dostoevsky, "Bobok: From Somebody's Diary." *Complete Short Stories*, translated by Constance Garnett, Rusalka Books, 2020, pp. 275~294)

천국-안식처 어린 시절

위즈위스의 「송시」 66행. "우리의 유아 시절에는 천당이 우리 곁에 있다." 앞의 시 「출석부」와 그에 대한 주해 참조할 것.

*Paradiso*의 마지막 행, 번역되지 않은 그 말

제목으로 사용된 "L'AMOR CHE MOVE IL SOLE E L'ALTRE STELLE." 맥켄드릭은 단테의 이 말을 원문 상태 그대로 인용하여 자신의 시집 마지막 시의 제목으로 삼은 다음, 마지막 시 마지막 행에서 다시 이 말을 기억하면서 자신의 기억 여정과 연작 애가를 마무리한다.

단테가 이 구절에서 말하는 "사랑"은 창조주가 자신의 피조물에 대해 가진 사랑을 의미한다. 이 구절이 나오는 「천국」편 마지막 대목에서 단테는 삼위일체의 신을 나타내는 세 개의 원으로 이루어진 동심원과 그중 성자(聖子)의 원 중심에 자리 잡은 인간 형상을 보게 되고, 신과 인간이 어떻게 그처럼 하나가 될 수 있는지 이해하려고 애쓴다. 그러나 단테는 자신의 상상력만으로는 그런 신비를 이해할 수 없다는 것을 깨닫는다. 순간적으로 일어난 이 섬광 같은 깨달음으로부터 『신곡』의 마지막 네 행이 흘러나온다. 여기서 단테는 신적인 것과 인간적인 것이, 신의 섭리와 인간의 의지와 욕망이 서로 분리되지 않고 합일하는 순간에 도달한다. 순례의 종점에 도착한 것이다.

여기서 나의 높은 상상력은 힘을 잃었으나.
이미 나의 욕망과 의지가, 마치
평탄하게 돌아가는 바퀴처럼 움직이고 있었다.

해와 또 다른 별들을 움직이는 그 사랑으로. (33.142~145)

맥켄드릭이 왜 단테의 이 말을 빌려 자신의 기억 여정을 마무리하는지에 대해서는 여러 가지 얘기가 가능할 듯하다. 다른 무엇보다, 맥켄드릭의 시집에 이식된 단테의 이 말은 맥켄드릭의 기억 여정을 단테의 순례의 맥락에서 보게 만드는 동시에 단테의 순례와의 차이점을 강조하는 효과를 갖는다. 단테는 순례의 끝에서 신의 섭리와 인간의 의지가 하나가 되는 순간에 도달하지만, 맥켄드릭에게는 그런 신비의 순간이 찾아오지 않는다. 맥켄드릭은 친구의 무덤에서 신의 목소리는커녕 친구의 목소리조차도 들을 수 없다. 나뭇가지를 꺾어도 질책의 목소리조차 들려오지 않는다. 단테의 자살자의 숲에서처럼 친구의 목소리가 피처럼 끓어오르지도 않고, 도스토옙스키의 묘지에서처럼 친구가 "보보크! 보보크!" 하는 소리도 들려오지 않는다. 지옥의 소리조차 들려오지 않는 것이다. 지상에 아직 서 있는 자에게 죽음은 절대적인 침묵을 지킬 뿐이다. 묘지는 침묵에 잠겨 있다. 친구가 죽음 속에서 창조주의 품에 안기기를 기원하며 단테의 사랑의 말을 묘비에 새겼지만, 그 기원이 이루어졌다는 신호는 어디에도 없다. 삶과 죽음을 갈라놓는 침묵이라는 경계는 완강하고, 신의 사랑과 인간의 죽음을 화해시킬 수 있는 어떤 깨달음도 허락되지 않는다. 묘비에 새긴 단테의 말은 흐려져서 읽을 수 없게 되었다.

그러나 단테의 말이 독자에게 남기는 여운은 그리 쉽게 사라져버리지 않는다. 단테의 말은 이 시를 지배하는 시선이고 이 시를 끝맺는 기억이기 때문이다. 단테의 "사랑"을 기억하며 이 시를 다시 읽으면, 그래서 이 시의 감정적 초점을 죽은 친구에 대한 맥켄드릭의 사랑으로 옮겨놓고 이 시를 다시 읽으면, 친구의 무덤과 묘지의 침묵 너머로 사랑의 목소리가 들려올지도 모른다는 생각이 들기 때문이다. 죽은 베아트리체에 대한 사랑이 단테를 창조주의 영원한 품으로 이끈 것처럼, 죽은 친구에 대한 사랑의 기억이 맥켄드릭으로 하여금 죽음의 막막한 침묵 저편에 아직 살아 있는 그 시절의 소리를 들을 수 있게 해줄지도 모르기 때문이다. 맥켄드릭이 이 연작시의 두번째 시에서 애기하듯 아무것도 없는 황무 공간 저편에서 풀이 움트고 꽃잎이 펼쳐지는 소리를 들을 수 있다면, 사랑의 기억이 자신을 과거로 데려가는 게 아니라 영원으로 안내한다면, 과거가 영원과 교통함을 알게 된다면, 그런 깨달음이 일어난다면 그건 다름 아닌 지금-이곳, 기억 여정의 끝에서일 것이기 때문이다. 기억 여정의 끝에서 다시 읽을 수 있게 된 친구의 이름은 기억의 그런 신비로운 힘을 증언하는 것이 될 터이다. 이렇게 이 마지막 애가를 읽는다면, 이 시집은 사라진 그 시절과 죽은 친구들이 남긴 침묵과 소외를 사랑의 기억과 희망으로 채우는 작업이 될 터이다.

적어도 이 마지막 시의 동반 그림은 그런 "희망적인" 읽기를 시각적으로 기록하고 있다. 동반 그림의 상단을 보면, 하늘에 뜬 "해와 또 다른 별들을 움직이는 그 사랑으로" 빛나는 삼중의 동심원이 아래에 펼쳐진 죽음의 정원을 비추고 있다. 삼위일체인 신의 사랑의 빛이다. 묘지 상단 삼중원 바로 밑에 양쪽으로 새까만 석상이 하나씩 서 있다. 왼편에는 날개 달린 천사의 형상이, 오른편에는 오벨리스크처럼 솟은 기념비의 형상이. 이 석상들이 이 그림에서 가장 깊은 어둠에 잠겨 있다면, 그건 그만큼 간절하게 그들의 눈이 창조주의 사랑의 빛을 바라보고 있기 때문일 것이다. 그림 전면 중앙에는 묘지로 향하는 돌계단이 보이는데 계단 오른편에는 덤불이 보이고 왼편에는 가시나무와 단테가 어두운 숲에서 간신히 빠져나와 가파른 언덕을 오르려 할 때 마주친 표범이 자리 잡고 있다(「지옥」, 1.32). 이 지옥의 풍경을 지나고 돌계단을 올라 안쪽 묘지 입구에 들어서면 묘석 사이로 길게 난 하얀 길이 보인다. 길은 하얀 하늘까지 이어져 있다. 아마도 창조주의 사랑으로 빛나는 삼중원을 마주할 수 있는 곳으로 인간을 이끄는 길일 것이다.

역자 해설

역자 해설

재난 시대에 쓴 작은 『신곡』
— 제이미 맥켄드릭의 기억과 반향, 애도와 사랑의 시편

1. 기억 여정의 시작: 재난과 기억

제이미 맥켄드릭은 현재 영국 시단을 대표하는 시인 중 한 명이다. 여기 번역된 시집 『그 시절』은 2020년 코비드19 팬데믹으로 인한 강제 은둔 기간 중에 쓰였다. 이 시집에 덧붙여진 서언을 보면 코비드19 팬데믹과 그에 대한 방역 조치인 사회적 거리두기와 격리가 시인으로 하여금 자신의 "그 시절"뿐 아니라 서양 문명의 "그 시절"까지 다시 되돌아보게 만든 직접적인 계기였던 게 분명하다. 그렇게 과거의 시간을 되돌아보는 과정을 통해 시인은 우리 모두가 당면한 오늘의 시대적 막막함을 견딜 수 있는 힘뿐 아니라, 불투명한 어둠에 잠겨 아직 그 모습을 드러내지 않은 내일까지도 '기억'할 수 있는 용기를 얻으려 한 것이 아닐까? 이 시집에 담긴 것은 바로 그런 기억의 여정이다.

영국이 2020년 3월 최초의 국가전면봉쇄조치를 실시했을 당시 역자는 옥스퍼드 대학교 객원교수로 있으면서 그 나라 사람들과 함께 그 일을 겪었다. 학교와 도서관, 상점, 펍, 음식점, 빵집, 카페가 줄

줄이 문을 닫아걸고, 관광객과 행인으로 늘 북적대던 거리는 눈 깜짝할 사이에 텅 빈 폐허로 변했다. 개도 사람도 모두 다 어딘가 눈에 띄지 않는 방공호 속으로 기어들어가 웅크리고 있는 것만 같았다. 인류 문명을 뽐내듯 하늘 높이 솟아오른 첨탑들이 하루아침에 땅바닥에 내려앉은 것만 같았다. 생기는 스러지고 침침한 어둠만이 "꿈꾸는 첨탑들의 도시" 옥스퍼드를 휩싸고 있었다.[1] 내 마음에도 두려움이 어둠처럼 스며들었다. 전쟁 상황이 꼭 이렇겠구나 싶었다. 게다가 나는 이방인이라 어디 숨을 곳조차 없지 않은가? 그러나 천신만고 끝에 영국으로부터 탈출, 서울로 귀환하고 보니 거리는 차로 넘치고 사람들 얼굴은 평온하기만 했다. 시간 여행을 해서 다시 코로나 팬데믹 이전의 세상으로 되돌아온 것이 아닌가 하는 착각도 들었다. 정말 대한민국이라는 어떤 특별한 버블이 이 세상에 존재하는 것이 아닌가 싶었다. 그것 또한 나에게는 적잖은 충격이었다. 내가 영국에서 경험한 전쟁터와 내 땅에 돌아와서 발견한 평온한 세계 사이에 분명히 존재하는 그 이상한 괴리를 뭐라고 불러야 할지 나로서는 알 수 없었다.

내가 당시 유럽에서 귀국한 모든 여행자들에게 부과된 행정명령인 '당신은 이제부터 14일간 자가격리에 들어가라'는 말을 '당신은 지금부터 14일간 문밖으로 한 발짝도 나오지 말라'라는 뜻으로 해석하고 무작정 문자 그대로 실행한 이유도 아마 거기에 있었던 것이

---

1 영어권 세계에서 제일 먼저 세워진 대학인 옥스퍼드 대학교는 수많은 첨탑으로 이루어져 있다. "꿈꾸는 첨탑들의 도시"는 19세기 영국의 시인 매슈 아널드(Matthew Arnold)가 자신의 추모시 「Thyrsis: A Monody, to Commemorate the Author's Friend, Arthur Hugh Clough」에서 옥스퍼드 대학교가 도심을 이루는 옥스퍼드시를 묘사한 말로 원문은 "that sweet city with her dreaming spires"인데, 대중에 의해 "city of dreaming spires"로 번안되어 유포되었고 여기에서도 그 대중적 번안을 차용했다.

아닌가 싶다. 내가 몸과 느낌으로 인지한 '그 이상한 괴리'의 정체와 의의를 이성적으로 파악하고 분석할 시간이 필요했던 것이리라. 돌이켜보면, 그때 나는 어떤 갠 날 갑자기 쏟아져 내린 우박과 함께, 세상과 세상, 시간과 시간의 틈 사이로 떨어져 그냥 그대로 거기 갇혀버린 듯한 느낌에 가위눌려 있었으니까 말이다. 이 시집과 나의 조우는 바로 그 무렵의 일이었다. 나는 이 시집을 읽으면서 맥켄드릭의 지극히 개인적인 "그 시절"이 사실은 나의 "그 시절"이라는 걸 깨닫게 되었다. 그에게 일어난 시간성의 혼란이 나의 혼란이고, 그와 나의 "그 시절"은 우리들의 개인적인 경험에 그치지 않고 인류 문명의 "그 시절"과도 이어진다는 걸 깨닫게 되었다. 그런 깨달음은 다음과 같은 질문들과 함께 나에게 찾아왔다. 우리가 "그 시절"에서 찾을 수 있는 건 무엇일까? 우리의 "그 시절"이 과연 우리가 오늘을 견딜 수 있도록 도와주고 내일로 가는 길로 우리를 이끌 수 있을까? 우리가 오늘 기댈 수 있는 건 우리의 "그 시절"밖에 없지 않을까? 우리는 결국 우리 자신에게 기댈 수밖에 없지 않을까? 이 시집의 번역은 그런 질문과 함께 시작되었다. 이 책을 읽는 독자에게도 그런 질문이 찾아오게 되리라고 나는 생각한다. 다음은 시인과 역자와 함께 그런 기억과 질문의 여정에 오를 독자를 위한 나의 안내문이다.[2]

2 이 글에서 사용된 모든 인용문은 역자의 번역이고, 번역에 사용된 원전 텍스트는 해당 대목에 주석으로 명기했다.

2. '그림＋글' 시로 다시 쓴 "그 시절"
—기억의 이중 여정

이 시집은 한 쌍의 그림과 시로 이루어진 "그림＋글" 시(미첼이 말하는 "이미지/텍스트"를 조금 바꿔 쓰자면) 총 열다섯 편과 작가의 '서언'과 '노트'로 이루어진 작은 책이다.[3] 제이미 맥켄드릭은 영국적인 감수성과 지성을 누구보다도 잘 보여준다고 알려진 시인이다. 그는 또한 화가로서도 대단한 성가를 누리고 있다. 달리 말해 맥켄드릭은 시와 그림이라는 두 개의 언어체계에 능통할 뿐 아니라, 그 둘의 차이점과 공통점에 대해 오랫동안 깊이 생각해온 시인/화가이다. 이 시집은 맥켄드릭이 시와 그림 중 어느 한쪽만의 언어로는 다 표현할 수 없는 것들을 빈칸처럼 남겨놓았다가 다른 쪽의 언어를 동원하여 채우고 완성한 시, '그림＋글' 시 한 묶음을 보여준다.

맥켄드릭은 이 시집이 출판되자마자 2020년 마이클 막스 작은 시집상(Michael Marks Awards for Poetry Pamphlets) 중 삽화상(Illustration Award)을 받았는데 다음과 같은 심사평을 얻었다.

심사위원들은 이 시집에 수록된 시들이 보여주는 형식적인 완성미, 넌지시 내보이는 학식, 주제의 다양성과 매혹적인 자기성찰을 높이 산다. 그러나, 다른 무엇보다, 이 작은 시집이 진정으로 독창적인 성취임을 증거하는 것은 맥켄드릭의 시와 시인 자신이 잉크와 수채물

---

3 J. W. T. Mitchell, *Picture Theory: Essays on Verbal and Visual Representation*, U of Chicago P, 1994. 특히 2장. 용어를 변형한 이유는 미첼의 "이미지/텍스트"란 말이 시와 그림 사이의 관계를 맥켄드릭이 상정한 것보다 좀 더 가까운 것으로 설정했기 때문이다.

감으로 그린 그림 사이에서 일어나는 복합적이고 다양한 상호작용이다. 읽는 사람과 보는 사람은 시와 그림 사이에 존재하는 심오한 유사성과 차이점에 빨려 들어가게 될 것이다. 시와 그림, 둘이 함께 창조하는 미묘하고 때로는 우울한 빛깔의 세계가 그들을 옴짝달싹 못하게 사로잡을 것이다.[4]

삽화 작가에게 주는 상이라지만, 심사위원회도 이 시집에 실린 그림이 시에 덧붙여진 장식에 불과한 '삽화'가 아니라는 점을 충분히 잘 알고 있는 게 분명하다. 시와 그림 사이에서 "복합적이고 다양한 상호작용"이 일어난다고 지적하는 걸 보면 말이다. 서언에서 이 책에 실린 시와 그림의 선후관계에 대해 말하면서 맥켄드릭은 네 점을 제외한 나머지 그림의 경우, 시로 먼저 다룬 주제와 영상을 이어받아 그림의 언어로 다시 쓴 것이라고 밝힌다. 맥켄드릭은 그렇게 만든 그림을 시와 병치하여 '그림+글' 시로 만든다. 한 쌍으로 묶여 서로 마주 보도록 배치된 시와 그림을 두고 어느 쪽이 먼저고 어느 쪽이 나중인지, 어느 쪽이 텍스트이고 어느 쪽이 주석인지, 어느 쪽이 원본이고 어느 쪽이 '번역본'인지 따지고 가릴 필요는 없다. 시와 그림 둘 다 '그림+글' 시의 필수적인 요소로서 동등한 권위를 가지고 있고 서로가 서로를 참조하며 인유하고, 서로를 궁극적으로 변화시키기 때문이다. 따라서 시인이 의도하는 바 시의 목소리는, 다시 말해, '그림+글' 시가 낳는 효과와 서사는 어느 한쪽에서 일방적으로 나오는 게 아니라 이 둘 사이에서 이루어지는 대화에서 생겨난

---

4 심사평 원본 텍스트는 https://michaelmarksawards.org/awards-2020/shortlists2020/jamie-mckendrick/ 에서 2020년 4월 1일 출력.

다. 그렇게 짜인 대화의 장에 초대받은 독자/관람자는 이들의 대화를 들을 뿐 아니라 이들의 대화가 이루어질 수 있도록 적극적으로 돕는 일까지 동시에 감당해야 한다. 독자/관람자는 시뿐 아니라 동반 그림도 보고 읽어야 하고, 그 과정을 통해 '그림＋글' 시에 최종적인 의미를 부여하면서 동시에 그것을 완성해야 한다. 그게 독자/관람자의 책임이고 역할이다.

맥켄드릭의 시인/화가로서 면모는 시와 산문 구별 없이 그가 쓴 모든 글에서 전방위적으로 나타난다. 그의 시는 어떤 특정한 사물 영상에서 촉발되는 경우가 많다. 맥켄드릭은 "대리석 파리," "벼루," "악어와 오벨리스크," "화산"과 같은 사물을 집어 들어 그것을 자신이 말하고자 하는 얘기를 응축적으로 체현하는 글 영상(verbal image)으로 조형한다. 달리 말하면, 시인은 그 자체로서 문화적 의미와 역사적 연상을 소유한 사물의 이름을 시 속으로 불러들여 자신의 이야기와 감정을 표현하는 영상으로 만든다. 사물의 이름이 갖는 회화적 표현력을 전유하여 자기 시의 표현력을 확대한다는 전략이다. 그런 점에서 맥켄드릭의 글은 매우 회화적이다.

한편 맥켄드릭의 그림에서 사물은 사실적으로 묘사되기보다는 정형화되고 추상화되어 있다. 그는 자신의 문화 어휘 저장고에서 꺼내 온 그림 영상(pictorial image)들을 마치 속기 부호처럼 또는 아이콘(icon)처럼 이용하여 자기가 하고자 하는 얘기와 표현하고자 하는 감정을 그린다. 그의 그림 영상들은 이따금 엷은 황톳빛과 붉은빛 수채물감이 묻어나기도 하는 수묵화로서 동판화같이 예리하고 정밀한 느낌을 주는데, 장식적인 선, 점, 얼룩과 함께 어우러져 짙은 서정성을 띠는 풍경을 만들어낸다. 이 마음의 풍경화를 읽기 위해서는 거기에 동원된 영상의 문화적 의미, 영상의 배치 방법, 색상의 채도와 명암, 선과 점의 굵기와 크기, 얼룩과 지운 자국 등 화가의 의미 생산 전략의 모든 요소를 하나하나 신경 써서 해석할 필요가 있다. 그런 점에서 맥켄드릭의 그림은 매우 문예적이다.

'서언'에서 맥켄드릭이 자신의 그림에 대해 얘기할 때 사용한 어휘도 시 쓰기와 연관된 것들이다. 그는 그림을 '그려지는' 것이라고 묘사하지 않고, 시가 창조되듯 '만들어지는' 것이라고 얘기한다. 맥켄드릭의 생각으로는, 시와 마찬가지로 그림도 목소리를 내고 노래할 뿐 아니라 시와 함께 공명하고 화음을 이룬다. 그에게 시와 그림은 둘 다 살아 움직이는 존재들이다. 자신이 원치 않는 것은 하기 싫다 거절도 하고 까탈을 부리며 고집을 피우기도 한다. 적어도 이런 어휘만을 놓고 보면, 맥켄드릭의 시 세계에서 시와 그림 사이의 담장은 이미 허물어져 있는 거나 마찬가지다. 또는, 다른 은유를 빌려 말하자면, 서로 다른 성조를 가진 두 명의 가수처럼 맥켄드릭의 시와 그림은 하나의 노래를 연주하기 위해 이중창을 부르는 중이다.

'서언'에서 맥켄드릭이 자신의 '그림＋글' 시를 묘사하기 위해 사용한 어휘인 "공명"에서도 알 수 있듯이, 그의 시는 궁극적으로 음악적 상태를 지향한다. 맥켄드릭은 음악, 음악적 상태, 악기와 선율에 관련된 형상어를 자신의 시에서 자주 사용할 뿐 아니라, 정형적이고 정교한 기법이 요구되는 시형―특히, 소네트 형식과 애가, 또는 단테가 『신곡(Divina Commedia)』에서 사용한 3행연(terza rima)―을 실험하여 자기 것으로 다시 만든다. 그에게 이런 종류의 실험은 전통적인 시 형식의 현재적 시적 가능성을 짚어보기 위한 학구적 실험이기도 하고, 고전 전통과 자신과의 유대를 확인하는 몸짓이기도 하며, 자신을 주장하는 방법이다. 어찌 보면, 이 시집의 지향점 자체가 아예 시와 그림이 함께 만들어내는 음악에 있다고 말해도 될 것 같다.

시와 그림이 함께 어우러져 만들어내는 음악, 그걸 '그림＋글＋음악' 시라고 부를 수 있다면, 그 시는 시와 그림 개개의 영역을 넘어 '들리지 않는 음악'의 상태로 향할 것이다. 역자로서는 일단 시와 그림이 각각 또는 함께 독자/관람자들의 눈에 보이고 귀에 들리게끔 도와주는 역할만을 감당할 수 있다. 나머지는 독자/관람자들의 몫이다.

　시와 그림을 병치하여 눈으로 보고 귀로 듣는 '글 시'의 영역에서 벗어난 또 다른 종류의 시, 시의 표현력을 확장하고 다른 예술과의 경계를 허물며 독자의 참여를 극대화하는 시, '그림＋글' 시를 만들고자 하는 시도는, 색다르다면 색다르다 할 수 있겠지만, 맥켄드릭의 이 시집 이전에도 끊임없이 이루어져왔다. 중세 수고본 채색 장식, 가톨릭교회의 시도서(時禱書) 그림, 루터 바이블(Lutherbibel)의 신약성서 초판본(1522년 본), 소위 "9월 성서"의 요한계시록에 실린 루카스 크라나흐(Lucas Cranach the Elder)의 목판 삽화, 보티첼리(Sandro Botticelli)가 그린 단테의 『신곡』 삽화, 16~17세기의 엠블렘 시(emblem poetry)와 같은 것들은 시를 쓴 시인들이 그림도 그린 경우는 아니지만, 글과 그림을 병치하여 독자의 참여를 일정한 방향으로 유도한다는 점에서는 중요한 선례들이다. 맥켄드릭처럼 시인이 곧 화가이면서 '그림＋글' 시를 시도한 예로서는 윌리엄 블레이크(William Blake)를 들 수 있는데, 그가 『순수의 노래와 경험의 노래(Songs of Innocence and of Experience)』, 『밀튼(Milton)』, 『예루살렘(Jerusalem)』에서 시도한 채색화는 '그림＋글' 시 만들기 전통 중에서 가장 앞설 뿐 아니라 가장 유명한 것이다. 또 그만큼 널리 알려지고 논의되지는 않았지만, 맥켄드릭이 '서언'에서 자신에게 영감과 용기를 줬다고 밝힌 토마스 하디의 『웨섹스 시편(Wessex Poems)』도 그런 시도이다. 맥켄드릭의 동시대적인 예로서는 독일 작가 귄터 그라스(Günter Grass)가 자신의 시집에 그려 넣은 자유분방한 그림이나, 영국 시인 스티비 스미스(Stevie Smith)가 시와 함께 내놓은 "낙서 (doodle)"들을 손꼽을 수 있다.

이들 중 그 어느 경우에도 그림의 기능이 시의 "삽화"로 머문 적은 없었다. 그럼에도 불구하고 19세기 말경에는 글에 동반한 그림을 비본질적이고 장식적인 삽화로 보는 시각이 지배적이 되었다. 이 시기에 '그림+글' 시집을 시도한 하디는 시집에 들어간 서른 점의 그림이 왜 거기 있는지 그 존재 이유를 설명해야 하는 수세에 몰렸을 뿐 아니라, 자신의 그림이 당대와 후대의 편집인과 비평가들에 의해 비본질적인 삽화로 취급당하거나 출판본에서 축소되고 아예 제외되는 수모까지도 겪어야 했다. 그렇지만 하디의 그림은 시의 말을 그대로 받아 모사하는 그런 종류의 "삽화"가 아니라 시와 함께 읽어야 할 "스케치"(하디 자신이 사용한 단어를 이어받자면)이다. 『웨섹스 시편』의 '서문'에서 하디가 밝히듯이 하디는 시를 먼저 쓰고 한참 나중에 그것을 그림으로 '번역'했다. 달리 말하자면, 젊은 하디가 쓴 시를 나이 든 하디가 그림으로 '번역'한 것이다. 시를 그림으로 번역하는 과정에서 해석이 개입하는 것은 필연적이다. 더구나 이처럼 큰 시차를 두고 이루어진 번역의 과정이 단순할 리 없다. 시차가 세월에 따른 시각의 변화를 가져오지 않았을 리 없다는 뜻이다.[5] 다시 말해, 그의 시집에서 그림은 동반 시의 목소리를 단순히 반복하는 게 아니라, 시의 의미를 상징적인 그림을 통해 한달음에 표현하거나, 시의

---

5 T[homas]. H[ardy].가 1898년 작성한 "Preface" to *Wessex Poems and Other Verses*, Macmillan, 1919: Gutenberg Project e-Book #3167, released on January 30, 2015. 시와 그림과의 관계를 보는 통상적인 눈은 이 시집 초판본의 제목 *Wessex Poems and Other Verses, by Thomas Hardy, with 30 Illustrations by the Author*에서 한층 잘 드러난다.

목소리를 그리스 비극의 코러스처럼 굴절시키고 다각화한다. 때로는 시의 말을 다시 쓰거나, 시의 의미를 덜어내고, 시의 말 아래 숨겨져 있던 말을 표면으로 끌어올림으로써 시와 대화하고 토론을 벌인다. 때로는 시가 다 못하고 남겨둔 이야기를 이어받거나 시와는 대조되는 시각을 드러내 보이기도 한다.

맥켄드릭의 그림에 대해서도 비슷한 얘기를 할 수 있을 것 같다. 그러나 맥켄드릭은 한 페이지에 글과 그림을 섞어놓는 블레이크의 전통도, 삽화처럼 필요할 때만 "개인적이고 국지적인 이유로" 그림을 집어넣는 하디의 방식도 따르지 않는다. 맥켄드릭은 모든 시를 그림과 짝을 지어 배치한다. 한 페이지에 그림 한 점을 배치하고 그 맞은편 페이지에 시 한 편을 배치하는 식으로 하여 독자/관람자의 눈앞에 '그림＋글' 시를 내놓는 것이다. 책을 펼치면 한 쌍의 그림과 시가 한꺼번에 금방 눈에 들어오도록 구성함으로써 맥켄드릭은 그림이 시의 부차적인 요소가 아니라 본질적인 동반자라는 점을 분명히 한다. 동반 그림은 맞은편 페이지의 동반 시가 하는 말을 부연하거나 확대하고 다각화한다. 그래서 이 책이 내놓는 그림은 무시하고 시만 읽는다면 시인의 뜻은 온전히 보지 못한 채 페이지만 넘기는 일이 될 터이다.

글과 그림의 관계에 대한 맥켄드릭의 탐구는 그림을 그리는 데서 멈추지 않고, 그림이나 건축, 사진, 영화와 같은 시각예술의 기억을 소환하거나, 문자예술과 시각예술을 이미 결합한 시—예컨대 돌에 새긴 시—를 다시 자신의 지면에 올리는 메타적인 실험까지 포함한다. 그런 맥락에서 흥미로운 것이 이 책의 표지 그림이다. 이 책 표지의 하단 중심에는 그리스 로마 신화에 나타나는 하피(Harpy)처럼 생긴 올빼미가 눈을 동그랗게 뜨고 독자/관람자를 쳐다보고 있다. 그 옆으로 또 다른 눈동자가 보인다. 암상자(*Camera obscura*)의 바늘구멍, 즉 카메라의 눈이다. 그 눈을 중심으로 카메라의 네모난 단면이 아홉 개의 작은 네모로 균등 분할되어 있고 여덟 개의 분할 면마다 글자 하나씩 배치해서 "THE YEARS"가 새겨져 있다. 하피/올빼미의 눈은 카메라의 눈을, 카메라의 눈은 "그 시절"을 바라보고, 하피/올빼미의 눈과 카메라의 눈은 독자/관람자의 눈을 향해 "그 시절"을 같이 바라보자고 눈짓하는 것이다. 자세히 보면 "THE YEARS"라는 글자는 하피/올빼미의 눈의 각도에서 보이는 대로 재현된 것으로, "THE YEARS〔그 시절〕"로 뿐만 아니라 "THE 〔E〕YE 〔E〕ARS〔눈 귀〕" 또는 "THE 〔E〕YE ARS〔눈 예술〕"로도 읽을 수 있다는 걸 깨닫게 된다. 과거를 소환하기 위해서는 눈과 귀, 그림과 글, 둘 다가 필요하다는 얘기리라.

여기 실린 열다섯 편의 '그림＋글' 시는 독자/관람자의 눈과 귀를 요구한다. 맥켄드릭은 자신이 눈으로 본 어떤 장면, 인물, 생물, 자신이 본 사진, 자신이 읽은 시와 산문, 건물 같은 것들을 통해 "그 시절"을 소환한다. 아래 해당 주해에서 좀 더 상세히 논의하겠지만, 이 책의 세번째 '그림＋글' 시, 「귀뚜라미-약탈꾼」을 예로 삼아 이 얘기를 좀 더 부연 설명해보도록 하자. 이 시에서는 곤충의 세계가 과거로 가는 통로다. 그림을 보면 마을 근처 언덕 풀숲이 전면에 보이고 그 풀숲을 등 뒤로 한 채 거대한 딱정벌레가 언덕 전체를 깔아뭉개겠다는 듯이 버티고 앉아 있다. 이 풍경의 주인공은 분명 화면 중앙에 배치되어 화면 전체를 가리는 이 거대 곤충이다. 딱정벌레의 머리 부분 오른쪽 구석에 금방 눈에 띄지 않을 정도로 작고 찌그러진 곤충 한 마리가 보이는데(아마 귀뚜라미이리라), 딱정벌레를 향해 무엇인가 손짓하며 옆으로 고개를 기울이고 있다. 하나는 약탈의 주체인 약탈자이고 다른 하나는 약탈당하는 자인 게 확실하다. 그러나 이것만 가지고는 작가가 의도한 감정(그게 분노인지 동정인지 불분명하지만)의 무게가 이 둘 중 어느 편에 실리는지 짐작하기 어렵다. 그건 시를 읽어봐야 알 수 있다. 「귀뚜라미-약탈꾼」이라는 시 제목을 보면 거대한 딱정벌레 쪽을 향한 그림의 집중적 시선이 시에서도 유지되는 것 같아 보인다. 그러나 정작 시의 초점은 거대한 딱정벌레가 아니라 그에게 유린당하고 자신의 집에서 쫓겨난 초라한 귀뚜라미에 맞춰져 있다. 귀뚜라미가 시의 주인공인 것이다. 시와 그림 사이의 이런 상호 불일치 속에서 '그림＋글' 시 전체의 지배 시선이 태어난다. 그 시선은 기억의 시선인데, 그것을 따라가보면, 귀뚜라미가 딱정벌레에게 약탈당하고 축출된 바로 그날이 그가 바깥 세계와 처음으로 대면한 날이라는 것을 알게 된다. 자신을 약탈한 지주 앞잡이 마름에게 몇 마디 저주의 말을 내뱉으면서 가방을 들고 나온 바로 그날이 집에서 쫓겨난 자의 긴 유랑이 시작된 날이고, 그를 여기 오늘로 이끈 날인 것이다.

자신의 풀숲에서 축출당한 자의 여정, 즉 과거의 "그"가 미래를 향해 가는 실제 삶의 여정은, 과거의 "그 시절"을 향해 되돌아가는 시인의 기억의 여정과 일치하고, 과거와 오늘, 그리고 미래를 하나로 잇는 길을 찾고자 하는 시인의 탐색의 여정과도 맞닿는다. 과거를 되돌아보려 하는 현재의 시인과 미래를 향해 움직이는 과거의 "그," 이 둘이 만나는 곳이 바로 이 시다. 이 작은 시가 보여주는 기억의 움직임, 기억의 이중적 시간성이 만들어내는 궤적은 그대로 이 책의 구성 골조이기도 하다. 이 책이 강하게 보여주는 자전적 성격이 시사하듯, 또는 여기 실린 또 다른 시, 「그가 내가 되리」가 말해주듯, "그"가 "나"라면, 그리고 "그"가 맥켄드릭이라면, 「귀뚜라미-

약탈꾼」은 그가 그린 '젊은 시인의 초상'이라고 할 수 있을 것이다. 이 시집 첫번째 시에서 백발의 왜가리가 된 늙은 시인의 눈에 비친 "그 시절"의 젊고 외롭고 배고픈 자신의 모습 말이다.

3. 인유와 전유로 쓴 시
─기억의 다중적인 눈과 목소리

맥켄드릭의 기억 여정은 또한 자신보다 앞서간 여러 시인들의 목소리와 여러 예술가들의 눈을 기억하는 여정이기도 하다. 카툴루스, 대 플리니우스, 단테, 프란체스코 페트라르카, 이븐 잠락, 토콰토 타소, 윌리엄 셰익스피어, 대니얼 디포, 토머스 그레이(Thomas Grey), 워싱턴 어빙(Washington Irving), 윌리엄 워즈워스, 토머스 하디, 표도르 도스토옙스키, 엘리자베스 비숍, 로버트 프로스트, 앙드레 케르테스, 데이비드 린치에 이르는 여러 작가들의 말과 그림을 기억, 인용, 인유, 전유 또는 반향하고 자신의 말로 '번역'함으로써 맥켄드릭은 자신과 다른 작가들, 현재와 과거와의 거리를 좁히고 자신과 그들 사이에 존재하는 담장을 허문다.

사실 담장 허물기는 이 책을 가로지르는 가장 중요한 지향점이다. 그림과 시 사이의 오랜 경쟁 관계(*paragone*)를 허무는 일에서 관철된 이 지향성은 "그 시절"을 되돌아보는 시인의 눈에서, 또는 앞서간 시인들의 말을 제명(題銘) 또는 명문(銘文)으로 삼거나 인유하고 전유할 때, 과거의 자신과 현재의 자신을, 또는 죽은 친구와 살아 있는 자신을 하나의 시 안에서 만나게 할 때 환기되고 관철되는 지향점이다. 맥켄드릭의 '그림+글' 시에서 시와 그림이 서로를 서로로부터 갈라놓았던 담장을 허물고, 서로가 서로를 번역하고 완성하듯이, 그의 시에서 선배 시인들의 말은 그의 말로 바뀌고, 새로운 의미로 번역되어 서로를 완성한다. 이 과정에서 맥켄드릭의 개인적인 기억은 인류가 만들어낸 문화적 기억의 일부로 편입된다. 맥켄드릭의 시에서 과거의 목소리와 현재의 목소리가 합류하고, 개인의 목소리와 문화의 목소리가 합류한다. '번역'과 인유, 전유를 통해 맥켄드릭의 다중적인—개인적이면서도 집단적인 목소리를 실은—시가 태어나는 것이다. 그 과정을 좀 더 자세히 들여다보도록 하자.

맥켄드릭은 하디의 「바람 불고 비 올 때」와 페트라르카의 『서정시편』 298번에서 명문을 가져오고, 이 두 편의 명문에서 공통적으로 나타나는 말인 "그 시절"을 자신의 책 제목으로 삼는다.[6] 이 두 편의 명문을 통하여 맥켄드릭은 자신의 사라진 "그 시절"에 대한 추억과 애도의 '그림＋글' 시편으로 독자/관람자를 안내하는 한편, 과거에 대한 추억과 애도가 자신만의 것이 아니라 유럽의 서정시 전통을 관통하는 근원적인 정서라는 점을 보여준다.

맥켄드릭이 명문으로 삼은 "아, 아니; 그 시절, 오!"는 하디의 시 「바람 불고 비 올 때」에서 "아, 아니; 그 시절, 그 시절"과 번갈아가며 매연 6행에 나오는 구절인데, 이것을 발라드의 후렴처럼 반복함으로써 하디는 "그 시절"의 햇살과 화음을 기억하는 동시에 시간이 가져온 어둠과 쇠퇴와 죽음의 비바람에 대해 말한다. 하디의 반복적

---

6 하디의 텍스트로는 "During Wind and Rain." *Moments of Vision and Miscellaneous Verses. The Variorum Edition of The Complete Poems of Thomas Hardy*, edited by James Gibson, Macmillan, 1979, pp. 495~496을, 페트라르카의 텍스트로는 이탈리아어 영어 대역본인 *Petrarch's Lyric Poems. The Rime sparse and Other Lyrics*, translated and edited by Robert M. Durling, Harvard UP, 1976, pp. 476~477을 참조.

인 애도의 말, "아, 아니; 그 시절, 오!"는 노래와 햇살의 날이 한때 존재했다는 사실보다 그 모든 것이 지워지고 사라졌다는 사실을 강조하는 효과를 갖는다. 맥켄드릭이 하디의 "그 시절"을 14세기 이탈리아 르네상스 시인 페트라르카의 "그 시절"과 병치하는 이유도 아마 거기에 있을 것이다. 맥켄드릭이 명문을 따온 페트라르카의 『서정시편』 298번 소네트는 그가 사모했던 여인 라우라의 사후(死後)에 쓰인 시편 중 하나로서 상실의 고통에 대한 노래이지만, 동시에 라우라에게 바치는 사랑의 노래이다. 이 시에서 페트라르카는 "그 시절"을 되돌아볼 때 자신이 느끼는 생생한 고통이야말로 라우라가 죽지 않고 여전히 생생하게 살아 있음을 증거한다고 고백하기 때문이다. 사라지고 없는 "그 시절"과 사라졌으나 사라지지 않고 현재를 지배하는 실재로서 "그 시절"의 병치, 즉 과거의 과거성에 대한 인식과 과거의 절대적인 현재성에 대한 인식의 병치와 엇갈림 속에서 맥켄드릭적 기억 여정의 지도가 그려진다.

맥켄드릭이 페트라르카의 시에서 가져온 명문, "돌아서서 그 시절을 바라보면"의 다음 구절은 이렇게 이어진다. "달아나는 그 시절이 내 모든 생각을 흩뜨렸고." 페트라르카의 『서정시편』은 바로 그 흩어진 생각들, "그 시절"의 파편들을 모아놓은 모음집이다. 페트라르카가 여기서 사용한 '달아나는 시절'이라는 비유(trope)는 널리 알려진 것이지만, 가장 유명하게는 로마 시인 호라티우스(Quintus Horatius Flaccus)가 자신의 『서정시집』 2권 14번, 죽음에 관한 송시(頌詩)에서 사용한 것이기도 하다. 호라티우스의 송시는 이런 말로 시작한다.[7]

---

7 *Horace: Odes and Epodes*, edited and translated by Niall Rudd, Loeb Classical Library, Harvard UP, 2004, pp. 96~99.

아, 포스트무스여, 포스트무스여, 달아나는
세월은 사라지고, 충정으로도 늦출 수 없으리라
닥쳐오는 주름살과 노쇠
그리고 무적의 죽음을.

달리 말해, 맥켄드릭은 자신의 표제로서 "그 시절"이란 말을 차용함으로써, 페트라르카와 하디의 말만을 차용한 것이 아니라, 호라티우스, 페트라르카, 하디로 이어지는 상실과 애도, 또는 이들의 말을 기억하는 다른 여러 사람들의 소리 없는 메아리로 채워진, 기억과 사랑의 노래 전통을 자기 것으로 만든 것이다.

호라티우스가 말하는 세월은 추상화된 시간을 의미하고 그의 송시는 시간의 또 다른 이름인 죽음의 필연성에 대한 것이지만, 페트라르카와 하디, 맥켄드릭의 세월은 개인적인 기억에 의해 체현된 시간이다. 이들의 과거는 자신의 과거이고, 과거를 보는 눈에는 언제나 자신의 현재가 보인다. 이들로 하여금 과거로 시선을 돌리게 하는 것은 자신의 현재적 현실—변화, 상실, 노쇠, 죽음—에 대한 인식이라는 뜻이다. 이 점은 이 책의 '서언' 서두에 나오는 강제 은둔 시대에 대한 언급에서도 어느 정도 드러나지만, 이 책의 첫번째와 두번째 '그림+글' 시를 차례대로 읽을 때 보다 더 분명해진다. 이 두 편의 '그림+글' 시는 다 각운 없는 소네트로서 서로 교차대구법(chiasmus)으로 연결된 한 쌍의 시편으로 읽을 필요가 있다. 맥켄드릭은 첫번째 소네트를 "나"로 시작하면서 이 시집 전체의 자전적이고 개인적인 시선을 신호한다. 이 "나"를 여기서는 '맥켄드릭' 또는 '시인'이라고 부르자. 시에 관한 논의에서 흔히 사용되는 '시적 화자'라는 말이 부자연스럽기도 할뿐더러 소네트와 같은 서정시에서 시인과 시적 화자의 구분은 어차피 언제나 애매하기 때문이다. 이 소네트 마지막 6행연(sestet)에서 시인은 한겨울 수영장 가에 웅크리고 서서 살아 있는 것이라곤 아무것도 없는 물을 내려다보는 늙은 왜가리의 모습에 "세상은 협잡"이라는 자신의 생각을 써넣고, 스스로 한 마리 늙은 왜가리로 변한다.

> 나는 그 느낌을 안다. 나는 왜가리의 그 앎을
> 느낀다. 세상은 협잡이다.
> 내 앞머리가 떨린다. 내 어깨가 웅크려진다. 내 부리는
> 쇠못처럼, 손도끼 날처럼, 날카롭다.
> 그러나 헤엄치는 것도, 번뜩이는 것도, 날 노려보는 것도 없다.
> 내가 살펴보는 연못의 수면 아래엔.

"세상은 협잡"이라는 말에서 쇼펜하우어의 유명한 말―"대체로, 인생은 시시한 것, 아니, 협잡이다"―의 메아리를 찾아낼 독자들도 있을 것 같다.[8] 그러나 두번째 '그림+글' 시에서 시인의 시선은 아무것도 없는 세상을 떠나 자신이 여태까지 살아온 삶을 향한다. 이 두번째 소네트에서 시인은 남들이 보기에는 자신이 무위의 삶을 살고 있는 것 같아도, 자신은 막막한 공간 너머로부터 들려오는, 또는 들려올지도 모를, 지나간 해의 박동에, 이제부터 피어날 것들의 소리에 귀 기울이고 있다고 말한다. 여기서 주목해야 할 것은 첫번째 시의 현재적 시선과 두번째 시의 과거를 향해 귀 기울이는 귀의 이

---

8 Arthur Schopenhauer, *Suffering, Suicide and Immortality. Eight Essays from The Parerga*, edited and translated by T. Bailey Saunders, Dover, 2006, p. 3.

미지이다. 눈과 귀, 이 두 이미지가 나란히 가고 또 엇갈리는 곳, 그곳에 맥켄드릭의 기억의 여정이 놓여 있다. 달리 말하면, 아무것도 보이지 않는 텅 빈 세상에서, 시간과 공간의 막막한 황야 너머로, 과거의 박동과 아직도 펼쳐지지 않은 미래의 소리를 찾아내는 일, 바로 그것이 이 책에서 맥켄드릭이 스스로에게 부과한 과제이다.

이 한 쌍의 소네트가 하는 얘기는 또 다른 시 「트윈 픽스」에서도 변주된다. 이 시에서 맥켄드릭은 엘리자베스 비숍의 시 「영국에 돌아온 크루소(Crusoe in England)」를 인용하며 절망과 희망은 쌍둥이라고 말한다.

> 몽 데스푸아와 마운트 디스페어 쌍둥이 봉우리는
> 수시로 서로 자리를 바꿔서 어느 게 어느 건지 분간하기
> 어렵다. 솔(sol)과 솜브라(sombra) 따위 단순 이분법만으로는.
> (……)
> 처음엔 한쪽이 더 높아 보인다. 다음엔 다른 쪽이
> 그러나 어느 쪽도 제 쌍둥이 없이는 결코 나타나지 않는다.
> 양쪽이, 상쾌하고 절망적인, 똑같은 전망을 펼쳐 보인다.
>
> (1~3, 13~15)

달리 말하면, 맥켄드릭이 하디와 페트라르카를 명문으로 인용하면서 시사하듯, 기억은 애도의 여정이기는 하지만 동시에 낙원의 추억을 다시 되돌아보는 추억의 여정이기도 하다. 우리는 한때 살아 있던 사람들, 한때 따사로웠던 햇살을 기억하며, 그들의 상실을 애도한다. 또는 이미 상실한 햇살이기에 그 햇살이 더 원형적인 의미를 갖게 되는 것인지도 모른다. 기억 속에서 과거는 현실의 아프고도 날카로운

윤곽을 잃고 상징성의 붓으로 채색되어 햇살의 나날로 다시 태어나는 변화 과정을 겪게 되는 것인지도 모른다는 얘기다. 기억의 눈으로 바라볼 때 유년 시절이 황금빛을 띠며 잃어버린 낙원으로 다시 호명되는 이유가 여기에 있다.

바로 그런 기억의 연금술을 보여주는 시가 「출석부」다. 유년 시절을 같이 나눈 동창생들의 이름을 하나하나 부르며 그들의 얼굴과 특징을 떠올리다가 맥켄드릭은 기억의 시인이라고 부를 만한 영국 낭만주의 시인 윌리엄 워즈워스의 시 구절을 결론처럼 떠올린다. "우리 모두 기쁨으로 시작했다./우리가 갇혀 있던 그 음울한 감옥에도 불구하고"(20~21행). 그런데 이 구절은 워즈워스의 어떤 사 한 구절을 그냥 반복한 것이 아니라, 유년 시절의 의미에 대한 워즈워스의 시 두 편, 「결의와 자립(Resolution and Independence)」과 「송시: 어린 시절의 기억에서 나온 영원성의 암시(Ode: Intimations of Immortality from Recollections of Early Childhood)」로부터 각각 한 구절씩 따와 한 문장으로 만들어 쓴 것이다.[9]

우리는 우리 자신의 영혼에 의해 신이 된다.
우리 시인들은 젊은 시절 기쁨으로 시작한다.
그러나 거기 끝내 낙담과 광증이 찾아온다.

(「결의와 자립」, 47~49)

---

9 *William Wordsworth*, edited by Stephen Gill, 21st-Century Oxford Authors, Oxford UP, 2010, pp. 230, 281에서 인용. 이 편집본에선 「송시」를 원전대로 "Ode"라고 부르지만, 이 해설에서는 나중에 이 시에 붙여진 제목이자 보다 일반적으로 사용되는 제목을 사용했다. 우리나라에서는 이 「송시」의 일부가 「초원의 빛」이라는 제목으로 대중화된 바 있다.

우리의 유아 시절에는 천당이 우리 곁에 있다.

감옥의 그림자가 조여 오기 시작한다

　　　자라나는 소년에게. (「송시」, 66~68)

맥켄드릭은 워즈워스의 말들을 조합함으로써 유년 시절로부터 점차 멀어지는 인간 성장의 과정이란 천상의 기쁨과 빛으로부터 멀어져 마침내 이 세상의 어둠에 갇히게 되는 쇠퇴와 타락의 과정이라는 근본적으로 낭만주의적인 생각에 동조하고 있다. 그러나 하디의 말이 아니라 워즈워스의 말로 이 시가 끝난다는 점은 주목할 만하다. 하디의 경우와 달리 워즈워스의 경우에 유년 시절이란 한때 빛나다가 곧 흔적도 남기지 않고 스러지는 한순간의 광휘가 아니라, 기억에 새겨져 인간의 성장과 쇠퇴의 과정을 밝히는 빛의 원천이기 때문이다.

　　　그러나 그 최초의 사랑들,

　　　그 어스름한 기억들,

　　　　그것들이 무엇이라 해도,

　　여전히 우리가 사는 모든 나날의 빛의 원천이고

　　우리가 보는 모든 것을 지배하는 빛이다. (「송시」, 151~155)

맥켄드릭에게 그런 빛은 마음의 눈에 또렷이 남아 있는 유년 시절 학교 친구들의 모습에서 나온다. 출석 부르듯이 그들을 한 명 한 명 호명하면서 나이 든 시인은 최초의 사랑과 즐거움의 기억을 하나나 다시 되살린다. 여기서 애도와 추억은 현재를 빈껍데기로 만드는 상실의 경험으로 멈추는 게 아니라, 사랑과 즐거움의 경험을 현재로 불러들여 생동하는 감정으로 다시 되살리는 예술로 변한다. 결국 맥켄드릭에게는 절망과 희망이 쌍둥이인 것처럼 애도와 사랑도 쌍둥이라는 얘기다.

4. 기억 여정의 끝
─맥켄드릭의 작은 『신곡』

기억 여정의 끝에서 맥켄드릭은 사랑하는 친구의 무덤과 단테의 피 흘리는 가시나무 덤불을 마주하게 된다. 이 사랑과 애도의 시집 마지막 노래는 십 년 만에 다시 찾은 친구의 무덤에서 부르는 애가(哀歌)이다. 이 무덤은 맥켄드릭 자신의 친구가 묻힌 실제 무덤일 뿐 아니라, 그가 이 시를 씀으로써 참여하는 '묘지시(Graveyard Poetry)'와 추모시 전통의 중심 이미지이며, 묘지시의 원조격인 토마스 그레이의 정서적 풍경과 하디의 목소리와 함께, 존 밀튼(John Milton)과 퍼시 비쉬 셸리(Percy Bysshe Shelley), 알프레드 테니슨(Alfred Tennyson), 매슈 아널드(Matthew Arnold)의 추모의 억양도 배어 있는 시적 공간이고, 이들로 대변되는 문화 공동체 영국의 집단적 추모 공간이다.[10] 여기서 맥켄드릭은 유럽인들이 남긴 죽음과 사후세계에 대한 시적 비전 중 가장 유명한 작품인 단테의 『신곡』을 소환하는데, 그렇게 함으로써 묘지시라는 영국적인 시 전통과 중세 유럽의 기독교 서사시를 하나의 목소리로 만든다.

---

10 예컨대, Thomas Gray의 *Elegy Written in a Country Churchyard*; Thomas Hardy의 「바람 불고 비 올 때」 등 여러 시편; John Milton의 "Lycidas"; Tennyson의 *In Memoriam A. H. H. Obiit MDCCCXXXIII*; Matthew Arnold의 "The Scholar Gipsy"와 "Thyrsis."

맥켄드릭은 단테의 『신곡』을 끝맺는 말인 "해와 또 다른 별들을 움직이는 그 사랑으로(L'amor che move il sole e l'altre stelle)"를 자신의 시집을 끝맺는 이 애가의 제목으로 삼는다.[11] 창조주의 사랑에 대한 이 말로 자신의 여정을 마무리하기 전에 시인은 상실과 자책의 지옥과 연옥을 경험한다. 시인은 자신이 찾지 않은 동안 "밀랍 같은 잎사귀가 달린 꼴사나운 관목이/무덤터를 제집으로"(2~3행) 삼은 탓에 "화강암 묘석이 완전히 가리어"진(6행) 것을 발견하고, 관목의 가지 몇 개를 부러뜨리기 시작한다. 비석이 다시 보이게 되도록 만들기 위해서인지, 아니면 무덤 저편으로부터 친구의 영혼을 불러내기 위해서인지 그건 분명치 않다. 어차피 이런 곳에서는 육체와 영혼의 구별만큼이나 돌과 인간, 죽은 자와 산 자의 구별도 애매해지기 때문이다.

> 나는 그 관목 가지 몇 개를 탁 부러뜨렸다.
> 상처 입고, 분개한 목소리가 갈기갈기 찢긴
> 사지에서―보보크! 보보크!―끓어오르기를 반쯤
>
> 기대하면서―우리 우정의 실패와,
> 경솔한 말과, 등한시에 대한 질책이,
> 천국-안식처 어린 시절이 끝난 뒤. (16~21)

맥켄드릭이 여기서 인유하는 피 흘리고 신음하는 나무의 이미지

---

11 단테의 텍스트로는 이탈리아어 영어 대역본인 *The Divine Comedy of Dante Alighieri*, Volume 3, Paradiso, edited and translated by Robert M. Durling, Oxford UP, 2011, pp. 666~667.

는 단테의 『신곡』 중 「지옥」편 13곡에서 가져온 것이다.[12] 이 대목에서 순례자 단테는 지옥의 일곱번째 고리의 두번째 작은 고리에 도달한다. 그곳에서 단테는 옹이 박히고 뒤틀린 우중충한 빛깔의 가시나무들로 이루어진 덤불을 만나게 된다. 나무들 위로 지저분한 하피들이 둥지를 틀고 이상한 곡성을 내지르고 있다. 그 덤불은 스스로 제 목숨을 끊은 자살자들의 영혼이 모여 있는 곳이다. 순례자 단테와 피 흘리는 나무와의 대면은 다음과 같이 이루어진다.

　　　　그래서 나는 손을 뻗어 바로 내 앞에 있는
　　커다란 가시나무에서 작은 가지 하나를 잡아 뜯었다.
　　나무줄기에서 준열한 목소리가 터져 나왔다. '왜 너는 나를 찢느냐?'

　　나무가 피로 검붉게 물들자 그것은 다시
　　말하기 시작했다. '왜 너는 나를 잡아 뜯느냐? 너는
　　조그만 동정심도 없단 말이냐?

　　우리도 한때는 인간이었으나 지금은 식물이 되었다.
　　우리가 뱀의 영혼이라 할지라도 네 손은 진정코
　　지금보다 더 자비로워야 했다.' (13.31~39)

앞서 인용한 이 시의 16~18행에서 맥켄드릭은 단테의 이 말을 반복하지만, 둘 사이의 차이점은 명백하다. 단테의 안내사 버질의

---

12 앞의 책, Volume 1, *Inferno*, Oxford UP, 1996, pp. 198~207.

아이네아스가 트라키아에서 피 흘리는 나무 밑으로부터 들려오는 폴리도로스의 외침을 들었던 것처럼, 순례자 단테도 피 흘리는 나무 안에 갇힌 죽은 자들의 영혼이 피 토하듯 내지르는 목소리를 듣는다. 반면 맥켄드릭에게는 그런 일이 일어나지 않는다. 맥켄드릭의 친구는 아무런 신호도 보내오지 않는다. 이곳의 친구 무덤가 나무는 피도 흘리지 않고 분노의 격정을 토로하지도 않는다. 죽음은 절대적이다. 오직 묘석과 시인의 기억에 새겨진 친구의 이름과 단테의 말만이 친구가 한때 존재했음을 증언한다. 그러나 그런 증언조차 시인이 찾지 않는 동안 나무에 가려져 볼 수 없게 되고 말았다.

맥켄드릭은 단테가 전하는 지옥의 광경, "찢긴 나무 토막에서 말과 피가 동시에 흘러나오는"(13곡 43~44행) 광경을 "보보크! 보보크!"라는 도스토옙스키의 말에 바꿔 담는다. 도스토옙스키의 「보보크, 어떤 사람의 일기에서」라는 제목의 단편소설에서 "보보크(bobok)"는 죽은 자들이 내는 소리다.[13] 이 소설에서 화자인 '나'는 자기 옆에서 누군가 "보보크, 보보크, 보보크!" 하고 중얼거리는 듯한 소리에 계속 시달리다가 머리라도 식힐 겸 거리로 나갔는데, 거기서 자신의 먼 친척의 장례 행렬과 마주치게 된다. 그 행렬을 따라 교회 묘지까지 갔다가 진혼미사에 참석하는 대신 어떤 묘석에 누워 잠들게 된다. 거기서 '나'는 묘석 아래 땅 밑으로부터 새어 나오는 죽은 자들의 목소리를 듣게 된다. 이들이 각자의 묘석 아래에서 시끌벅적 떠드는 말을 통해 '나'는 사후세계를 경험하게 된다. 죽으면 바로 거기서 끝이 나는 게 아니라, 죽은 후에도 보통 이삼 개월 정도

---

13 도스토옙스키의 텍스트로는 Fyodor Dostoevsky, "Bobok: From Somebody's Diary," *Complete Short Stories*, translated by Constance Garnett, Rusalka Books, 2020, pp. 275~294.

삶이 의식 속에서 관성처럼 지속된다는 것, 어떤 경우에는 이삼 개월 내내 의식이 깨어나지 않다가 갑자기 "보보크" 하고 외마디 소리를 내뱉고 끝내는 경우도 있다는 것, 의식이 지속되는 한 삶의 온갖 버릇과 악취는 계속되기 때문에 영혼조차 타락의 악취를 풍기고 또 그것을 냄새 맡을 수도 있다는 것, 그리고 자신을 괴롭히던 "보보크, 보보크, 보보크!" 소리가 죽은 자들이 내는 최종적인 소리라는 것도 알게 된다. 죽는 순간 절대적으로 죽는 게 아니라, 사후 얼마 동안 생전의 육체성이 의식 속에서 지속된다면, 우리는 이 죽은 자들을 생과 사의 중간 지점에 잠시 머무는 대기조라고 부를 수도 있을 것이다. 그러나 이곳 맥켄드릭의 침묵의 묘지에서는 "보보크" 소리조차도 흘러나오지 않는다. 피 흘리는 나무만큼이나 "보보크! 보보크!"라는 말도 맥켄드릭의 묘지를 지옥의 풍경(*locus horridus*)으로 만드는 데 기여하고 있는 것이다.

맥켄드릭으로 하여금 단테와 도스토옙스키의 지옥의 풍경을 소환하도록 만든 이곳 묘지는 이 시집의 맨 끝에 오기 때문에 아무것도 없는 세상의 협잡성과 무위성을 요약하는 이미지라고 해도 좋을 것이다. 묘지가 중심에 자리 잡은 맥켄드릭의 세상은 결코 해와 별이 창조주의 사랑에 의해 움직이는 곳이 아니다. 지금-이곳의 묘지는 사후의 세상에 대해서도, 천상의 초월자의 사랑에 대해서도 말하지 않는다. 인간의 물질성과 죽음의 절대성만을 보여줄 뿐이다. 이곳은 우정의 배반과 타락한 세상의 헛소리가 서려 있는 곳, 죽음과 침묵이 지배하는 황무지, 또 다른 지옥이고 연옥이다. 여기서 맥켄드릭은 자신이 비석에 새겨 넣은 말, 단테의 「천국」편 마지막 행을 기억한다. 이제는 읽을 수도 없을 정도로 흐려진 말, 삶의 현실로 번역되지 않은 채 남아 있는 그 말을 기억하는 것이다. "해와 또 다른 별들을 움직이는 그 사랑으로"를. 그 말은 무덤에 갇혀 있다. 그러나, 또는 바로 그렇기 때문에 이곳은 친구와 어린 시절이라는 낙원의 기억을 사랑의 씨앗처럼 품고 있는 곳이기도 하다. 죽음의 무덤이 천상의 사랑으로 시인을 인도하는 문이 될 수 있는 이유이다.

5. 재난 시대에 쓴 예술 옹호론
―"신성한 뮤즈의 통렬한 개정판"

현재 시점에서 과거를 바라보되, 그 과거가 현재로 이어지는 여정을 짚어보는 것이 맥켄드릭의 기억 여정이라면, 그 시작점에는 하디와 페트라르카의 추억과 애도의 말이 있다. 그 여정의 끝, 다시 되돌아온 현재에는 친구의 무덤과 친구의 이름 아래 새겨졌지만 시간의 비바람에 마모되어 이제는 보이지 않게 된 비명이 있다. "해와 또 다른 별들을 움직이는 그 사랑으로." 단테의 말이다. 이 말은 이 시집의 마지막 시의 제목이고, 이 시의 마지막 말(원본 시에서)은 "*Paradiso*(「천국」)"이다. 마치 추억의 페이지들을 "*Paradiso*"라고 명명한 다음 책을 닫고, 그 낙원이 다른 언어로 '번역'되지 않은 채 무덤에 갇혔다고 선언하는 것처럼 들린다. 낙원이 과거와 기억에만 존재한다고 말하는 것처럼 들린다. 하디의 그림자가 더 깊어지는 것 같은 순간이다. 그러나 생각해보면, 단테의 「천국」편도 페트라르카가 죽은 라우라에게 바친 소네트들과 마찬가지로, 이제는 무덤과 침묵에 갇힌 소중한 사람과 사랑의 기억에 관한 노래가 아니었던가? 사람에 대한 사랑의 기억이 무덤 저 너머까지 이어져서 우리를 해와 또 다른 별들을 움직이는 창조주의 사랑의 품으로 이끄는 기적을 노

래하는 것 아니었던가? 맥켄드릭의 이 시집에 잉크처럼 번진 무덤
과 죽음, 미로와 그곳에 갇힌 사람, 황무지로 변한 뜰과 폐허로 변한
도시와 이들 이미지에 깃든 의미를 찾는 기억과 애도의 여정 또한,
사후세계를 순례하는 순례자 단테에게 그러했던 것처럼, 미래를 향
해, 삶의 궁극적인 지향을 향해 열린 유일한 길이 아닐까? 이 시집
의 그림과 시 전반에 서린 하디의 그림자, 이 시집에 담긴 무덤과 시
간의 비바람에 관한 우울한 명상은 결국 하디의 비관적 현재가 천상
을 향해 열린 단테의 전망 안에 포섭되는 여정에 세워진 도로 표지
판이 아닐까? 기억의 여정을 단테의 말로 마무리함으로써 맥켄드릭
은 "그 시절"이 자신의 지옥, 연옥, 천국이었음을, 자신이 지금까지
살아온 삶이 자신의 지옥, 연옥, 천국이었음을, 그리고 그가 지금 가
진 것은 바로 "그 시절"밖에 없음을 다시 한번 확인하는 셈이다.

　맥켄드릭의 『그 시절』은 그 자신의 개인적인 경험이나 유럽인들
의 역사적 경험에만 그치지 않고 인류 공동체의 집단적 경험과도 깊
이 연루되어 있다. 시인은 여기에 크고 작은 재난과 불행의 이미지
들을 모아놓았다. 책 표지에 그려 넣은 벌건 용암이 흘러내리는 화
산, 늙은 왜가리의 텅 빈 세상, 막막한 황무 공간, 약탈자와 약탈당
한 자, 사자-나무를 죽인 사나운 바람과 실존적 피로, 화산 폭발과
지진, 여진에 갈라진 둥근 천장, 세상을 휩쓸고 있는 팬데믹 병원균,
전쟁으로 불타버린 도시, 미로, 벌레의 내습, 음울한 감옥, 무인도
의 크루소, 친구의 무덤—기억의 여정에서 만난 이들 재난과 불행의
이미지를 한데 모아 흩어진 삶을 다시 잇고 도시를 다시 세우는 작
업, 이것이 맥켄드릭이 예술가로서 자임한 책무이다. 그런 맥락에서
보면 앙드레 케르테즈에게 바치는 오마주 「고가다리」는 맥켄드릭의
예술 옹호론처럼 들린다. 시인은 불타는 로마를 바라보며 "그래도

바이올린으로 바흐를 연주하는"(1행) 네로와 폴리 건축물 포트폴리오를 마치 성배(聖杯)라도 된다는 듯 두 팔로 소중히 껴안고 폭격당한 도시를 지나 어디론가로 운반하려는 사내(케르테즈가 사진으로 포착한 그 사내)를 병치하고, 거기에 코로나19 팬데믹으로 봉쇄된 도시에서 "당신"이 기다리는 카페로 향하는 자신의 모습을 덧붙인다. 맥켄드릭은 폐허로 변한 도시에서 사라진 문명의 이미지를(그이미지가 모조에 지나지 않는다 해도) 두 팔로 안고 나르는 일, 문명의 빛이 꺼진 도시에서 "신성한 뮤즈의 통렬한 개정판"(15행)이나마 만나려고 어두운 거리로 나서는 일, 이 모두가 허황되고 무위인것 같지만, 그게 아니라 재난에서 의미를 발견하고 (모조) 이미지로만 남은 문명에 실체를 부여하며 "흩어진 도시"(22행)가 제 폐허를딛고 솟아오르게 만드는 행위라고 말한다. 또는 제 도시에 불을 지르고 타는 도시를 보며 바흐를 연주하는 역사적인 네로를 예술가의이미지와 겹쳐놓는 데서 드러나듯 맥켄드릭은 "시인"을 예술을 위해 실체를 희생한 광인으로, 그림자 (모조) 문명을 세우기 위해 실제 문명을 파괴한 인류 재난의 주범으로 지목하고 있는 것인지도 모른다. 재난의 시대에 맥켄드릭이 쓴 이 시집은 그의 자조 섞인 예술옹호론이고, 그의 자아비판이자 문명 옹호론이며, 그의 지옥, 연옥, 천국으로 이루어진 작은 『신곡』이다.

번역에 대하여

번역이란 다른 언어를 우리말로 옮기는 작업이기에 앞서 다른 문화를 우리말로 옮기는 작업이다. 적어도 나는 여태까지 그렇게 믿어왔다. 그러나 당연하게 들리는 이 말이 사실은 얼마나 엄청난 주문인지 번역해본 사람들은 다 잘 안다. 번역을 하다 보면, 원작이 어느나라 어떤 시대의 것이건 간에, 내가 다른 문화는커녕 다른 언어도, 스스로 잘 안다고 생각했던 그 언어도 잘 모르고 있었구나 하는 자괴감이 들 때가 한두 번이 아니다. 꼭 대중문화가 아니더라도 문화란 긴 시간을 두고 집단에 의해 형성되며 집단에 의해 소비되고 집단에 의해 유지되는 것이겠지만, 한 시대의 하나의 문화라고 일컬어지는 테두리 안에서도 수많은 문화 소집단이 있고 수많은 결과 갈래가 있으며, 하나가 아니라 복수의 시간성이 존재하기 때문에, 만인이 만인의 역사를 가지고 있다고 말해도 과언이 아닐 것이다. 아니, 우리가 정말 바보처럼 정직하다면, 그렇게 말해야 옳을 것이다. 그게 우리가 실제 삶이라 부르는 것의 실상이기 때문이다. 달리 말해, 문화라는 것이 개인적인 역사를 집단적인 역사 속에서 읽고 형성하는 과정인 동시에, 집단적인 역사를 개인적인 역사로 읽고 재현하는 작업의 결과라면, 그래서 문화란 특수성과 전형성 사이 어느 지점에서 생겨나 언제나 거기서 위태롭게 존재하는 것이라면, 번역 또한 문화의 의미와 정체성의 불안정성에 반응하지 않을 수 없을 것이다. 번역이 어려운 이유이다.

제이미 맥켄드릭의 시는 번역의 그런 근본적인 어려움을 덜어주는 측면을 가지고 있다. 그가 언급하거나 반향하는 인터텍스트들이 의미의 네트워크를 지어 그의 시 세계로 들어가는 통로를 마련해주기 때문이다. 인터텍스트의 존재를 인지하는 게 문제라면, 맥켄드릭이 즐겨 사용하는 수사 전략인 명문(銘文) 세우기는 인터텍스트의 존재와 그 정체를 알려주는 가장 확실한 힌트이다. 그러나 그는 꼭 글로 된 인터텍스트만을 사용하지 않는다. 건축물이나 사진, 벌레, 짐승, 악기, 시 형식, 수사법, 그리고 자연 현상까지도 맥켄드릭에게는 문화 언어이고 따라서 문화 인터텍스트로서 동원 가능한 것들이다. 그는 낭만주의에서 모더니즘에 이르는 영시의 계보에 깊이 뿌리박은 영국인이지만 동시에 코스모폴리탄이어서 전 유럽적인 문화 전통을 자신의 것으로 부린다. 그는 특히 고전 시대의 문화 텍스트와 중세, 르네상스, 현대에 이르는 이탈리아 문화 텍스트를 통해 자신의 얘기를 풀어나간다. 그가 세계를 바라보고 이해하는 눈도 그런 텍스트들로부터 나온 게 아닌가 싶다. 그렇기 때문에 근대 초기의 영문학과 고전 시대의 문학과의 관계를 공부해온 나로서는 맥켄드릭의 시는 접근 가능할 뿐 아니라 충분히 공감할 수 있고 따라서 번역을 시도하기 좋은 상대일 수밖에 없다. 그 밖에도 맥켄드릭과 나는 거의 같은 연배여서 살아온 세월도 경험한 세상도 비슷한데다가, 거의 비슷한 교육과정을 거쳤고, 선호하는 문학의 종류나 작가도 비슷해 보여서, 그의 감성이나 문화, 역사, 또는 문제의식을 나도 어느 정도 공유하고 있는 것 같다. 그리고 무엇보다 특히 이 시집에서 맥켄드릭은 시와 더불어 자신이 그린 그림을 제공하고 있다. 이들 동반 그림은 번역자와 독자에게는 일차적이면서 가장 중요한 인터텍스트를 제공한다. 동반 그림은 동반 시에 대한 일종의 주해가 되기도 하고, 동반 시의 의미를 보완하고 확대하기도 하며, 동반 시가 보여주는 관점에 대한 대체 관점을 열어 보여주거나, 동반 시의 의식 뒤에 서성이는 무의식 텍스트를 시각화한다.

그러나 그 어떤 경우에도 맥켄드릭 시의 과묵하고 절제된 언어, 현란하거나 극적인 아우성과는 거리가 먼 자연스럽고 지적인 스타 일이 인터텍스트의 존재를 드러내기보다는 가린다. 그뿐 아니라, 맥켄드릭이 소재 하나하나에 담는 문화의 양도 상당한 것이어서 그가 사용한 인터텍스트를 다 모아놓는다면 웬만한 학자의 서재 하나쯤은 너끈히 채울 수 있는 양이라는 점도 인터텍스트 탐사 작업에서 문제라면 문제다. 사실 인터텍스트도 인터텍스트로 동원되기 전에는 텍스트이다. 번역을 하기 위해서는 맥켄드릭이 그 인터텍스트-텍스트의 어느 지점에서 개입하며, 어떤 해석을 전제로 그것을 자신의 텍스트의 인터텍스트로 삼는지 알아야 한다. 바로 그렇기 때문에 이 번역에서 주해와 해설이 본문보다 길어졌다. 번역을 완성하는 공정에 시간이 많이 들어간 것도 같은 이유에서이다. 번역을 일단 완성한 후에 주해와 해설을 썼음에도 불구하고, 주해와 해설을 완성한 후에 다시 번역으로 되돌아가 새로 발견한 의미에 의거하여 번역을 손보고 적절한 번역어를 찾기 위해 고민하는 과정을 여러 번 거치지 않을 수 없었다. 시집 전체의 의미 맥락도 인터텍스트의 네트워크를 파악하고 시집 전체를 하나의 연작시로 읽게 되었을 때야 비로소 더 명확해졌다.

나는 원칙적으로 번역을 번안이라고 생각하거나, 원작을 자유롭게 다시 쓰는 계기로 삼지 않는다. 나 자신의 이야기는 번역 대상의 선정을 통해서 어느 정도 할 수 있고, 또 그 정도로 충분하다고 생각하는 편이기 때문이다. 물론 번역 대상 텍스트에 대한 나의 번역이 그에 대한 나의 해석으로부터 자유로울 수 없고, 나의 해석 또한 해석의 역사와 나 자신의 문화적 위치로부터 생겨나는 해석의 불안정성으로부터 자유로울 수 없다. 작품에 실은 원저자의 의도와 의미가 온전히 독자-번역자에게 전달될 수도 없고 독자-번역자의 읽기가 독자-번역자 자신의 해석적 환경으로부터 자유로울 수 없다. 그럼에도 불구하고 나는 번역을 통해 원저자의 목소리에 개입하는 일은 가능한 한 하지 않으려고 노력했다. 그래서 이 번역을 읽으며 혹자는 번역 말투가 아직 남아 있다는 애기를 할지도 모르겠다. 그러나 그건 매너리즘으로서의 번역 말투가 아니라, 번역이 번역임을 지우는 것이 꼭 좋은 번역을 만드는 방법은 아니라는 나의 평소 소신의 반영이다. 원문의 언어가 가지는 느낌과 원문이 체현하는 문화를 우리말로 옮기기 위한 나의 노력의 흔적이라고 생각해줬으면 한다. 번역은 다른 언어로 된 글을 우리말의 상상 체계로 변안하여 길들이는 것이 아니라, 원작의 상상 체계를 우리 문화 속에 한번 던져보는 행위라고 나는 생각한다. 심벌즈를 꽹과리라고 하면, 그게 완전히 틀린 번역이 아님에도 불구하고 외국 문화의 '낯섦'은 사라진다. 잘못하면 온 세상이 나의 말을 사용하고 나처럼 생각한다는 착각을 불러일으킬 수도 있다. 말 하나하나에 담긴 역사적 물질적 환경의 흔적을 지워버리게 될 수도 있다는 얘기다. 나는 개인적으로 그런 번역을 별로 좋아하지 않는다. 외국어의 생경함을 다 다리미질해 내놓는게 '유려한' 번역이라면, 그런 번역에서 번역의 의의와 자극성은 경감되고 무디어질 수밖에 없다.

위와 같은 생각이 이 번역 시집의 형태를 결정했다. 수록된 시에 대한 개별적인 해석과 주석을 개괄적인 해설과 함께 제공하는 고전 작품의 주석 번역판의 관행을 택하기로 했다는 뜻이다. 동반 그림도 텍스트의 일부이므로 그에 대해서도 필요할 때마다 해설을 제공하였다. 인터텍스트로 빽빽이 채워진 맥켄드릭의 시와 그림은 고전 작품과 마찬가지로 문헌학적인 접근을 요구하기 때문이다. 맥켄드릭 특유의 이야기 방식을 안내하기 위한 보조 도구로서 제공된 주해와 해설을 통해 독자들도 맥켄드릭 시의 깊은 울림을 음미할 수 있게 되기를 바란다. 사실 이 책을 집어 들고 펼쳐볼 정도로 시에 관심 있는 독자라면 나의 초대와 안내를 너그럽게 받아들일 준비가 되어있을 것 같다.

이 번역은 영국의 아크 출판사(Arc Publications)가 2020년에 처음으로 출판한 *The Years*를 따랐다. 느리게 진행된 번역과 출판을 참을성 있게 기다려준 제이미 맥켄드릭 시인에게 깊은 감사를 전한다. 번역을 준비하는 동안 힘든 일을 함께 나누고, 언제나 기꺼이 내 곁을 지키며 내가 쓴 글들을 읽어주고 무조건 좋아해준 남편에게도 감사와 사랑의 말을 전한다. 오십여 년 동안 마음속에만 간직해온 말이다.

시인 연보

1955년 10월 27일 영국 리버풀(Liverpool)에서 태어나 요크(York)의 퀘이커교 사립학교 부섬(Bootham School)과 리버풀의 리버풀 칼리지(Liverpool College)에서 초 · 중 · 고등과정을 거친 후 노팅엄 대학교(University of Nottingham)에서 영문학을 공부했다. 1975년 옥스퍼드 대학교 대학원에 진학, 미국 시인 하트 크레인(Hart Crane)을 연구한 후, 로햄튼 칼리지(Roehampton College)를 비롯하여 옥스퍼드 대학교의 허포드 칼리지(Hertford College), 노팅엄 대학교, 런던 대학교의 유니버시티 칼리지(University College), 이탈리아의 살레르노 대학교(Università degli studi di Salerno), 덴마크의 예테보리 대학교(Goeteborgs Universitet), 체코 브르노(Brno)의 마사리크 대학교(Masarykova Univerzita)에서 가르쳤다. 현재는 옥스퍼드에서 거주하면서 매년 미국 스탠포드 대학교(Stanford University)와 사라 로렌스 칼리지(Sarah Lawrence College)의 옥스퍼드 프로그램에서 창작과 번역에 대한 워크샵을 맡아 진행하고 있다.

시집

The Sirocco Room, Oxford University Press, 1991.

The Kiosk on the Brink, Oxford University Press, 1993.

The Marble Fly, Oxford University Press, 1997.

Ink Stone, Faber and Faber, 2003.

Crocodiles and Obelisks, Faber and Faber, 2007.

Out There, Faber and Faber, 2012.

Anomaly, Faber and Faber, 2018.

소책자 시집

Repairwork, Clutag Press, 2017.

The Years, Arc Publications, 2020.

선집

Sky Nails: Poems 1979-1997, Faber and Faber, 2000.

The Hunters, Les Chasseurs, Caccicatori, Incline Press, 2015.

Selected Poems, Faber and Faber, 2016.

편집

The Faber Book of 20th-Century Italian Poetry, Faber and Faber, 2004.

번역 소설

Giorgio Bassani, *The Garden of the Finzi-Continis*, Penguin, 2007 ; republished in Folio, 2014.

Giorgio Bassani, *The Gold-Rimmed Spectacles*, 2012.

Giorgio Bassani, *The Smell of Hay*, Penguin, 2014.

Giorgio Bassani, *Within the Walls*, Penguin, 2016.

Giorgio Bassani, *Behind the Door*, Penguin, 2017.

Giorgio Bassani, *The Novel of Ferrara*, Penguin, 2018 ; Norton, 2018.

번역 시

Pier Paolo Pasolini, *Fabrication*, Oberon, 2010.

David Huerta, *Poemas/Poems*, Poetry Translation Centre Pamphlet,

2010.

Valerio Magrelli, *The Embrace: Selected Poems*, Faber and Faber, 2009; republished by Farrar Straus and Giroux as *Vanishing Points*, 2011.

Antonella Anedda, *Archipelago*, Bloodaxe, 2016.

비평 에세이

서평과 문학비평, 미술비평을 『타임즈(*The Times*)』의 문예판(*TLS: The Times Literary Supplement*), 『런던 평론(*London Review of Books*)』, 『인디펜던트(*The Independent*)』의 일요판(*The Independent on Sunday*), 『아테네움 리뷰(*Atheaneum Review*)』, 『모던 페인터스(*Modern Painters*)』, 등에 주로 기고한다. 맥켄드릭이 쓴 비평 에세이는 『엘리자베스 비숍: 주변부 시인(*Elizabeth Bishop: Poet of the Periphery*)』, 『예술에 관한 작가들의 말(*Writers on Art*)』, 『문예 실천주의(*Literary Activism*)』, 등 여러 비평 앤솔러지에 수록되었다. 뿐만 아니라 맥켄드릭은 아르투로 디 스테파노(Arturo Di Stefano), 도널드 윌킨슨(Donald Wilkinson)의 미술 전시회 카탈로그의 서문과 톰 루벅(Tom Lubbock)의 책, 『영국의 그래픽 아트(*English Graphic*)』의 서문을 썼다. 2020년에는 비평 에세이집 『낯선 관계: 시, 미술, 번역에 관한 에세이(*Foreign Connection: Writings on Poetry, Art and Translation*)』를 영국 인문학연구협회(Modern Humanities Research Association)를 통해 간행했다.

미술작품

여러 차례에 걸쳐 단독 전시회를 가진 바 있고, 2021년 10월에는 옥스퍼드 대학교의 세인트 앤 칼리지(St. Anne's College)에서 단독 전시회를 가졌다. 여기 번역된 『그 시절』의 그림 외에도 다른 여러 책자의 표지 그림도 그렸다.

수상

1994년 맥켄드릭은 영국 시협회(Poetry Society)가 선정한 1990년대의 "새 세대 시인(New Generation Poets)" 20명 중 한 명이 되었다. 1997년 시집 『대리석 파리(*The Marble Fly*)』가 포워드 최우수 시집상(Forward Prize for Best Collection) 수상작이 되는 한편, 시집협회선정시집(Poetry Book Society Choice) 네 권 중 하나로 선정되었다. 2003년에는 시집 『벼루(*Ink Stone*)』가 엘리엇상(T. S. Eliot Prize)과 휘트브레드상(Whitbread Poetry Award)의 최종 후보작 명단에, 2007년에는 시집 『악어와 오벨리스크(*Crocodiles & Obelisks*)』가 포워드 상 최종 후보작 명단에 올랐다. 2012년에는 시집 『저 밖에(*Out There*)』가 호손든상(Hawthornden Prize) 수상작이 되었다.

그 밖의 수상

1984 Eric Gregory Award

1991 Arts Council Writers' Award

1994 Southern Arts Literature Award, for *The Kiosk on the Brink*

1997 Forward Prize for Best Collection, for *The Marble Fly*

2003 Society of Authors Travel Award

2005 Cavaliere OSSI(Ordine della Stella della Solidarietà Italiana)

2010 John Florio Italian Translation Award, for Valerio Magrelli's *The Embrace*

2010 Oxford–Weidenfeld Translation Prize, for Valerio Magrelli's
The Embrace

2013 Hawthornden Prize for *Out There*

2014 Fellow of the Royal Society of Literature

2016 John Florio Italian Translation Award, for Antonella Anedda's
Archipelago

2019 Cholmondeley Award

2020 Michael Marks Poetry Pamphlet Award, for *The Years* (예비심
사통과작)

2020 Michael Marks Illustration Award, for *The Years*

그 시절

ⓒ 제이미 맥켄드릭

1판 1쇄 발행 　|　 2023년 10월 30일

지은이 　|　 제이미 맥켄드릭
옮긴이 　|　 이종숙
펴낸이 　|　 정홍수
편집 　|　 김현숙 이명주
펴낸곳 　|　 (주)도서출판 강
출판등록 　|　 2000년 8월 9일(제2000-185호)

주소 　|　 서울시 마포구 동교로17안길 21 (우 04002)
전화 　|　 02-325-9566
팩시밀리 　|　 02-325-8486
전자우편 　|　 gangpub@hanmail.net

값 15,000원
ISBN 978 89 8218 327 0 　 03840